Maeve Brennan

Der Teppich mit den großen pinkfarbenen Rosen

Erzählungen

Maeve Brennan

Der Teppich mit den großen pinkfarbenen Rosen

Erzählungen

Aus dem Englischen
von Hans-Christian Oeser

Steidl

Titel der amerikanischen Originalausgabe:
»The Springs of Affection. Stories of Dublin«,
erschienen bei Houghton Mifflin Company, Boston/New York 1997

Bei der hier vorliegenden deutschen Übersetzung handelt es sich
um eine Auswahl aus dem angegebenen Erzählband.

Das Zitat aus ›Einsame Erinnerung‹
von Thomas Moore wurde entnommen aus:
»Die Liebe der Engel. Irländische Melodien. Volks-Weisen.
Thomas Moore's poetische Werke«, Bd. 2
deutsch von Theodor Oelckers
Bernh. Tauchnitz jun., Leipzig 1839

1. Auflage 2007

Lektorat: Claudia Glenewinkel
Umschlaggestaltung: Steidl Design/Claas Möller
unter Verwendung eines Fotos der Autorin
mit freundlicher Genehmigung von Yvonne Jerrold
Satz, Druck, Bindung:
Steidl, Düstere Straße 4, D-37073 Göttingen
www.steidl.de
www.steidlville.com
Printed in Germany
ISBN 978-3-86521-422-5

Inhalt

Der zwölfte Hochzeitstag

Mrs. Bagot hatte eine sehr kurze gerade Schere, mit der sie alle Blumen schnitt außer den Rosen. Für die Rosen benutzte sie ein kleines Messer. Schere und Messer bewahrte sie in der Küche über der Spüle auf, am Ende des schmalen Bords neben der Tür, die in den Garten hinausführte. Die Tür war schwer und massiv, aus grün gestrichenem Holz. Oft klemmte sie im Rahmen, besonders unten, heute aber, es herrschte angenehmes Juniwetter, stand sie weit offen und gab den Blick auf eine kleine Ecke des zementierten Hofes frei, die von zwei exakt im rechten Winkel zueinander stehenden grauen Mauern gebildet wurde.

Draußen vor der Küchentür lag Bennie, der weiße Rauhhaarterrier, den Rücken fest gegen die Stufe gedrückt. Bennie wurde allmählich alt. Die Beine hatte er von sich gestreckt, und seine Augen waren geschlossen, doch als Mrs. Bagot über ihn hinwegstieg und von den roten Fliesen des Küchenfußbodens auf den grauen Zement trat, fing sein Stummelschwanz schwach zu wedeln an, er öffnete zumindest das obere Auge und folgte ihr mit dem Blick, bis sie den nur ein, zwei Meter entfernten Rasen erreichte. Dann rappelte er sich auf und lief hinter ihr her. Der Rasen war ein gepflegtes, auf drei Seiten von Blumenrabatten gesäumtes Rechteck. Langsam ging Mrs. Bagot am Rand des Rasenstücks weiter. Sie hatte nur die Schere dabei. Sie wollte Blumen holen, um Martins Zimmer ein wenig freundlicher zu gestalten – ein paar Gartennelken, ein paar Gänseblümchen, ein paar Ringelblumen, die mit den Nelken wetteifern würden, keine

Rosen, keinen Goldlack, vielleicht ein Sträußchen Vergißmeinnicht, falls diese so aussahen, als würden sie noch eine Weile frisch bleiben. Sie hielt den Kopf gesenkt und betrachtete die Blumen mit ernster Miene und sorgenvoll gerunzelter Stirn. Sie trug einen marineblauen Rock, eine weiße Bluse und eine ausgeblichene blaue Baumwollschürze. Für eine Mutter dreier Kinder, von denen eines nicht mehr lebte, wirkte sie sehr schmal. Jedesmal, wenn sie innehielt oder sich bückte, um eine Blume abzuschneiden, setzte Bennie sich ihr zu Füßen.

Dort, wo Gras und Zement aneinanderstießen, senkte sich die Gartenmauer, die Mrs. Bagot von ihrer Nachbarin trennte, plötzlich zu einer Höhe von nur eineinhalb Metern herab, und entlang diesem niedrigeren Mauerstück hatte Mrs. Bagot ein grünes Holzspalier angebracht. Das Spalier stand etwa dreißig Zentimeter über, sie ließ Efeu daran hochklettern und etwas, das sie »ihren Wein« nannte, aber aus Höflichkeit hatte sie eine Lücke gelassen, durch die die rothaarige Dame von nebenan, Mrs. Finn, hereinspähen und ihre Bemerkungen machen konnte. Mrs. Finn hatte zu allem etwas zu sagen und wartete nie ab, ob man ihr zustimmte oder nicht. Sie war auf ihre Art gutherzig, aber zu laut.

Hinter der Mauer, die Mrs. Bagot und Mrs. Finn teilten, erstreckte sich weithin eine Reihe identischer Mauern. Sämtliche Gärten grenzten aneinander, so wie die Häuser auch. Etwa vierzig immer kleiner werdende Mauern entfernt vervollständigte ein Wäldchen den Ausblick zum Himmel. Es war eine schmale Seitenstraße in einer Dubliner Vorstadt, eine Sackgasse. Um die Ecke, in der Hauptstraße, gab es Geschäfte, aber nicht in der Gasse selbst. Hier wohnten Lehrer, Kaufleute und kleine Beamte, und unlängst war ein Polizist mit seiner Familie in eines der Häuser eingezogen. Da es eine Sackgasse war, konnten die Kinder ungefährdet spielen, wenngleich Mrs. Bagot noch nicht gewillt war, ihre beiden Töchter auf die Straße hinauszulassen, dafür waren sie noch zu klein. Lily war sechs und Margaret vier. Jetzt saßen sie im Vorgarten auf einer Decke, die sie auf dem kleinen Rasenstück ausgebreitet hatte. Damit sie das Tor nicht entriegeln und nach draußen entwischen konnten, hatte Mrs. Bagot um die Eisenspitzen von Tor und Zaun eine Kette geschlungen.

Die Mauer am Ende des Gartens von Mrs. Bagot war viel höher als üblich, weil dahinter die Rückfront einer großen Werkstatt aufragte, die auf einer Länge von fünf Häusern erbaut worden war. Anfangs hatte Mrs. Bagot die Werkstatt gehaßt, da sie ihr die Sicht auf die offenen Felder verstellte, inzwischen aber hatte sie sich an die hohe hintere Mauer gewöhnt; und außerdem waren die Felder längst Tennisplätzen gewichen. Sie konnte nicht umhin, das tadellose Aussehen der Anlage zu bewundern, ihren peniblen Zuschnitt und die Sorgfalt, mit der sie in Schuß gehalten wurde, aber sie vermißte doch die Ruhe und Einfachheit der Felder. Jetzt hatte man das Gefühl, eingesperrt zu sein: Zur Rechten und zur Linken standen die Nachbarhäuser mit ihren Gärten, jenseits der hinteren Mauer lagen die Werkstatt und die Tennisplätze, und vor dem Haus befand sich die Straße mit den gegenüberliegenden Reihenhäusern. Manchmal hörten sie abends Musik herüberklingen – Tanzmusik aus dem Clubhaus, das von allen nur »der Pavillon« genannt wurde. Zu dieser Nachmittagsstunde war keine Musik zu hören, wohl aber die Stimmen von den Tennisplätzen und das Geräusch der Bälle.

Mrs. Finn, die Nachbarin, hatte einen Jungen namens Willie, zehn Jahre alt. Sie nahm es sehr genau mit ihm. Ihren Garten hatte sie vollständig zubetonieren lassen, so daß dort, wo sonst Gras und Blumen gediehen, nur eine harte graue Fläche war, auf der Willie spielen konnte, ohne sich die Schuhe schmutzig zu machen. Dabei ging Willie ohnehin nie ins Freie. Er lernte lieber, statt zu spielen. Er hockte in seinem Zimmer, las seine Bücher und machte seine Hausaufgaben. In der Schule bekam er immer gute Noten. Ständig mußte Mrs. Bagot sich anhören, wie fleißig Willie sei, und sie hätte es wohl auch geglaubt, hätte sie ihn nicht so häufig am Fenster seines Zimmers stehen und auf die Tennisplätze und ihren Garten hinabstarren sehen. Sie dachte, daß er sich vielleicht nur deswegen so oft in seinem Zimmer einschloß, um seiner schwatzhaften, rechthaberischen Mutter zu entrinnen. Das große rückwärtige Schlafzimmer hatte er ganz für sich, und seine Mutter behauptete, er habe seine Bücher, seinen Schreibtisch, seine Arbeitsutensilien und seine Landkarten so tadellos geordnet, daß sein Zimmer an eine kleine Mönchszelle erinnere.

Heute ließ Willie sich nicht an seinem Fenster blicken, und Mrs. Bagot fand, daß sein Ausbleiben den Tag stiller machte. Stand er am Fenster, so spürte sie seine Augen auf sich ruhen oder bildete es sich zumindest ein. Er schaute auf sie herab wie auf alles andere auch, und manchmal winkte sie ihm zu, ohne daß er je zurückwinkte. Einmal, als sie ihm zugewinkt hatte, hatte er den Kopf auf die Seite gelegt und sie angeblickt, und sie war so überrascht gewesen, daß sie die Hand sinken ließ und sie dann wieder hob, um ihm abermals zuzuwinken, aber er hatte sich abgewandt und war hinter dem Schleier der dünnen Gardine vor seinem Fenster verschwunden. Ein, zwei Meter neben Willie Finns Fenster war das Fenster des Schlafzimmers, das Lily und Margaret Bagot sich teilten. Lily und Margaret schliefen gemeinsam in einem großen Messingbett. Mrs. Bagot wußte nicht, in was für einem Bett Willie Finn schlief, und sie hatte keine Vorstellung davon, wie sein Zimmer wirklich aussah. Mrs. Bagot war noch nie im Haus der

Finns gewesen, und Mrs. Finn noch nie in ihrem. Ihre Gespräche führten sie über die Gartenmauer, weiter ging ihre Freundschaft nicht, abgesehen von einem gelegentlichen Gruß, wenn sie sich vor ihren Häusern oder auf der Hauptstraße begegneten, die an ihrer Gasse vorbei ins Herz von Dublin führte.

Die Häuser, jedes mit vier Zimmern, hatten hinten einen Anbau, in dem die Küche untergebracht war, und über dieser Küche gab es eine kleine Kammer, daneben ein Bad. In der Kammer der Bagots schlief Martin, Mrs. Bagots Mann, und als ihr der Einfall gekommen war, ihm ein paar Blumen ins Zimmer zu stellen, damit es freundlicher aussähe, hatte sie gerade am Fenster gestanden und auf den Garten hinausgeschaut. Von Martins Fenster aus gab sich der Garten als ein langgestrecktes Rechteck zu erkennen, gefüllt mit Schatten, Licht, Blumen und Gras, dem Efeu, dem Wein und dem Goldregen, der rechts bei der Mauer mit dem Spalier stand. Die Sonne erzeugte düstere Schatten, schien jedoch all ihr Licht auf den halbkahlen gelblichen Grasfleck nahe der Ecke, wo Mrs. Bagot den Steingarten angelegt hatte, zu bündeln, dort, wo bis vor kurzem der große Blumentopf mit den Geranien gestanden hatte. In dieser Ecke war der Rasen mondsichelförmig ausgeschnitten, so daß er mit der Rundung des Steingartens harmonierte und diesem mehr Raum gewährte. Mrs. Bagot hatte sich viel Mühe gegeben, die Mondsichel richtig hinzubekommen. Der gelbliche Kreis, dort, wo der Blumentopf mit den Geranien gestanden hatte, berührte fast den Rand der Sichel, so daß er sich auf ihr zu drehen schien – eine geometrische Übung oder ein Balanceakt.

Einen Meter unter dem Fenster von Martins Kammer lag Rupert, der große, orangefarbene Kater. Er schlief auf dem schrägen Wellblechdach des Schuppens, in dem Mrs. Bagot den Mülleimer, leere Blumentöpfe und ihre Gartengeräte – Heckenschere, Rechen und dergleichen – aufbewahrte. Rupert lag auf der Seite und schlummerte friedlich vor sich hin. Er wirkte ganz weich. Die rechte Vorderpfote bedeckte Auge und Nase. Die Hinterpfoten hatte er gekreuzt, seinen Schwanz säuberlich daneben ausgestreckt. Auf dem Wellblech lag es sich unbequem, aber Rupert war so fett, daß er gewissermaßen mit dem Dach verschmolz und sich vielleicht sogar einbildete, auf einer ebenen Fläche zu ruhen. Mrs. Bagot ließ den Vorhang zurückfallen und wandte sich wieder der Kammer zu, die nach der Helligkeit, Lebendigkeit und Geräumigkeit des Gartens klein und trübselig wirkte. Das Zimmer war so trübselig, daß sie sich an Mrs. Finns Hinterhof aus grauem Beton erinnert fühlte, und in diesem Augenblick beschloß sie, hinunterzugehen und ein paar Blumen zu schneiden, die sie Martin auf den Schreibtisch stellen konnte.

Als Mrs. Bagot die Blumen beisammenhatte, brachte sie sie in die Küche und arrangierte sie in einer kleinen grünen Schale. Dann überlegte sie es sich anders. Sie ging ins Eßzimmer, zur Glasvitrine, und nahm die geschliffene Kristallschale heraus, ihr wertvollstes Stück. Sie trug die Schale in die Küche und fing noch einmal von vorn an. Diesmal steckte sie die Blumen anders. Die Kristallschale brachte den Strauß besonders vorteilhaft zur Geltung, und stolz trug sie sie nach oben und stellte sie auf Martins Schreibtisch am Fenster. Ihr Mann kam immer sehr spät von der Arbeit, da schliefen sie alle längst, und wenn er das Licht einschaltete und die Blumen sähe, die neben seinen Büchern auf ihn warteten, würde er angenehm überrascht sein. Sie hatte sich daran gewöhnt, daß er immer so spät nach Hause kam. Er wollte sie und die Kinder nicht stören, und morgens, wenn sie alle aufstanden, wollte er auch von ihnen nicht gestört werden. Anfangs, als er gesagt hatte, er würde, wenn er sehr spät nach Haus käme, gern in der kleinen Kammer schlafen, war es ihr wie die natürlichste Sache der Welt erschienen, und sie erinnerte sich daran, wieviel Freude es ihr gemacht hatte, die Kammer für ihn einzurichten und ihm einige seiner Hemden und sonstigen Sachen herzubringen, damit er sie gleich zur Hand hätte. Jetzt war er dazu übergegangen, auch seine Bücher hier aufzureihen. Und doch war sie davon überzeugt, daß er zu Beginn ebensowenig wie sie geahnt hatte, daß er die Kammer dem großen Vorderzimmer vorziehen würde, in dem sie schlief, oder daß er wirklich allein sein wollte. Inzwischen war sie auch davon überzeugt, daß er, hätte sie von Anfang an Einwände erhoben, keinen Gedanken mehr auf die kleine Kammer verwendet hätte. Hätte es die kleine Kammer nicht gegeben, wäre er nie darauf verfallen, sich von ihr zurückzuziehen. Was war das für eine beunruhigende Wahrheit! Hätten sie in einem kleineren Haus gewohnt, wären sie womöglich glücklicher gewesen. Dabei war das Haus auch so schon recht klein.

Als Mrs. Bagot hinuntergegangen war, um die Blumen zu schneiden, hatte sie das Fenster offengelassen, und jetzt wollte sie es schließen. Rupert war zu träge, um den Sprung vom Schuppendach aufs Fensterbrett auch nur zu versuchen, aber Minnie, die schmächtige schwarze Katze, schaffte ihn spielend, und Mrs. Bagot wollte nicht riskieren, daß Martin heute abend nach Hause käme und Minnie auf seinem Bett vorfände. Mrs. Bagot wußte nicht so recht, ob sich die Komplikationen im Haus zum größten Teil den Tieren verdankten oder Martins Haß auf die Tiere. Meist fügte sie sich ihm ja, aber die Tiere würde sie niemals aufgeben. Die Kinder würden sie furchtbar vermissen, und sie nicht minder. Sie würde weiter dafür sorgen müssen, daß die Tiere Martin nicht in die Quere kamen und die Kinder sich morgens, wenn er schlief, von seiner Tür fernhielten. Und im Grunde achtete sie darauf, daß sie selbst ihm nicht in die Quere kam. Der bloße Gedanke daran war ihr unerträglich, denn was als einfache Maßnahme zu Martins Bequemlichkeit begonnen hatte, hatte sich völlig verselbständigt, und jetzt schien es keine Möglichkeit mehr zu geben, der Sache ein Ende zu bereiten. Die Situation im Haus war unnatürlich, auf niemanden wurde wirklich Rücksicht genommen. Sie stellte fest, daß sie, wenn Martin im Haus war, der Kinder wegen sehr nervös wurde, und wenn sie alle zusammen waren, behielt sie die Kinder ständig im Auge, als wäre Martin nur deswegen da, um ein Urteil über sie zu verhängen. Dauernd stand sie unter Spannung, bereit, sie vor ihm in Schutz zu nehmen, bereit, alle Verantwortung für ihr Betragen auf sich zu laden, bereit, sie anzuherrschen, wenn sie Anstalten machten, etwas zu tun, was ihn verärgern könnte.

Wenn er sich nicht im Haus aufhielt, waren sie alle gleich viel fröhlicher gestimmt, und das war nicht recht. Sie wünschte, sie wüßte, was zu tun sei. Immer wieder rief sie sich ins Gedächtnis, wie Martin früher gewesen war, gutmütig und stets zu Scherzen aufgelegt. Manchmal war er auch jetzt noch so, aber meist schien er an sich halten zu müssen, als könnte er es nicht ertragen, sie alle auf einmal um sich zu haben und mit ihnen eingesperrt zu sein. Und an den Wochenenden zog er allein los, um Spaziergänge zu machen, ausgedehnte Spaziergänge, dank derer er dem Haus stundenlang fernbleiben konnte. Dort herrschte stets eine angespannte Atmosphäre. Ständig litt Mrs. Bagot unter der Angst, etwas Entsetzliches könne geschehen, oder sie habe etwas Schreckliches verbrochen, das bald ans Licht kommen werde. Und alles nur wegen der kleinen Kammer. Sie war davon überzeugt, daß alles nur mit der kleinen Kammer zu tun hatte. Es verwirrte sie, daß man damit begann, es jemandem recht zu machen, sich mit jemandem über ein gewöhnliches Alltagsproblem zu einigen – eine Kammer, in der er sich niederlegen konnte, wenn er spät nach Hause kam –, und daß man damit endete, eine Mauer zu errichten, die sich ins Unermeßliche erstreckte und nie fertiggestellt sein würde, da man jeden Tag, ohne es zu wollen und ohne sich daran hindern zu können, weiter an ihr baute. Unablässig war sie bemüht, ihre Gedanken nicht in diese Richtung schweifen zu lassen, da sie sich in ihrem Gewirr immer wieder verfing. Statt die Worte zu finden, nach denen sie suchte, statt die Worte zu finden, mit denen sie Martin all ihre Empfindungen offenlegen konnte, merkte sie, daß sie sich nicht klar auszudrücken wußte, und dann spürte sie, wie sie vor Wut fast erstickte, und wollte nur noch weglaufen, keine Erklärungen abgeben und sich keine Erklärungen anhören müssen. Nein, Martin war zu raffiniert für sie. Immer wieder gelang es ihm, ihr über den Mund zu fahren. Trotzdem störte sie sich nicht so sehr an seinen Worten als vielmehr an seinem Schweigen. Es gab Zeiten, da sie das Gefühl hatte, Martins raffiniertes Schweigen werde sie noch einmal in die Verzweiflung treiben.

Es war sinnlos, sich die Dinge im Kopf zurechtzulegen. Ihre Fähigkeit zu denken wurde von starken Gefühlen zunichte gemacht, die sie blockierten, da sie so viel stärker waren als sie selbst. Mrs. Bagots Gefühle ragten vor ihr auf wie Ahnen, wie Mahnmale einer Vergangenheit, an die sie sich nicht erinnern konnte, an die sie sich aber erinnern mußte, wenn sie ihr Leben in den Griff bekommen wollte. Diesen überwältigenden Gefühlen, die verschleiert, triumphierend und häßlich vor ihr standen, mußte sie entgegentreten, bevor sie Martin entgegentreten konnte. Es war sinnlos, das Gespräch mit ihm zu suchen, wenn sie nur dummes Zeug redete. Sie wußte einfach nicht, wo sie ansetzen sollte.

Sie beugte sich über den Schreibtisch und schob die untere Fensterhälfte bis auf wenige Zentimeter nach unten, dann richtete sie sich auf und schob auch die obere Hälfte zwei, drei Zentimeter nach unten. Durch solch schmale Zwischenräume würde sich selbst Minnie nicht zwängen können. Als sie vom Schreibtisch zurücktrat, betrachtete sie die Blumen, und einen Augenblick lang verzweifelte sie an sich, weil sie sich die Mühe gemacht hatte, sie zu schneiden, zu arrangieren und hierherzustellen. Aber sie sahen schön aus und schmückten das Zimmer. Sie würde sie stehenlassen. Sie streckte die Hand aus, um die größte Ringelblume zu berühren, und bildete sich ein, im Schliff des Kristallglases ihren Ehering aufblitzen zu sehen. Es war ein schlichter goldener Ring, der einzige, den sie trug. Heute war ihr Hochzeitstag, ihr zwölfter Hochzeitstag. Seit Wochen hatte sie auf diesen Tag gewartet.

Erst an diesem Morgen war ihr klargeworden, wie sehr sie sich darauf verlassen hatte, daß dieser Tag das Schweigen zwischen Martin und ihr brechen werde, aber auf ganz natürliche Weise, so wie jede Jahresfeier, sei es Weihnachten, Ostern oder ein anderer Festtag, ins Leben einbricht und für die Dauer der Festlichkeiten alles zum Stillstand bringt. Als sie Martin morgens das Frühstückstablett gebracht hatte, war sie überzeugt gewesen, daß er etwas sagen würde, aber er hatte nur auf dem Schreibtischstuhl gesessen und mit solcher Konzentration Zeitung gelesen, daß sie einen Augenblick lang dachte, er habe sie gar nicht hereinkommen hören. Als sie ihm das Tablett auf den Schreibtisch stellte, sagte er »Danke, Liebling«, und sie zögerte, da sie immer noch daran glaubte, daß er etwas sagen würde, aber er schwieg. Er hatte es vergessen. Und sie ging aus der Kammer, schloß leise die Tür hinter sich und wußte nicht, ob sie sich über ihn oder über sich selbst ärgern sollte. Sie zitterte vor Empörung. Sie war so entrüstet, daß sie sich, als sie die Treppe hinunterging, am Geländer festhalten mußte.

Als sie die Blumen betrachtete, dachte sie: Ich hätte den Mund aufmachen sollen. Jetzt ist es zu spät, aber ich hätte den Mund aufmachen sollen.

Sie hatte in der Kammer nichts weiter zu tun, trödelte aber noch ein wenig, und als sie endlich hinausging, beeilte sie sich und schloß erleichtert die Tür, ohne zu ahnen, daß sie abermals eine Entscheidung durch ein Stoßgebet ersetzt hatte und daß sie nicht einmal um Gewißheit betete, sondern nur darum, ein wenig länger hoffen zu dürfen.

Plötzlich fielen ihr die Kinder ein. Sie verhielten sich sehr still dort draußen. Sie hätte nachschauen sollen, bevor sie mit den Blumen nach oben ging. Sie wollte zu ihnen eilen, doch Bennie war ihr im Weg. Sie mußte ihn mit dem Fuß beiseite schubsen, da er sich im Flur zum Schlafen niedergelegt hatte und der Flur kaum breiter war als er. Als Bennie sich endlich aufraffte, eilte sie die Treppe hinunter ins vordere Wohnzimmer und sah aus dem Erkerfenster.

Die Kinder lebten noch. Sie hatte sie eine Weile vergessen und dadurch in Gefahr gebracht, aber es fehlte ihnen nichts. Sie schaute zu ihnen hinaus, ohne sie anzusprechen. Sie sahen sie nicht. Sie schienen sich nicht von der Decke gerührt zu haben, seit sie sie verlassen hatte. Sie waren dabei, eine kleine Stoffpuppe auszuziehen. Wenn die Puppe nackt wäre, würden sie sie wieder ankleiden. Sie saßen mit den Gesichtern zum Zaun, so daß sie sehen konnten, was draußen auf der stillen, schmalen Gasse vor sich ging. Weiter hinten am Ende der Gasse spielten einige Kinder. Aus der Ferne konnte Mrs. Bagot ihre Stimmen hören. Sie freute sich daran, wie hübsch ihre Töchter in ihren kurzen rosa Kleidchen aussahen. Sie lehnte sich über den Tisch mit den Farnen, die sich im Fenster drängten. Einer der längeren Farnwedel kitzelte sie am Kinn, und sie trat wieder zurück. Die Farne wirkten gesund. Der geblümte Teppich, auf dem sie stand, war gründlich gebürstet. Er sah sehr schön aus unter ihren Füßen. Ihre Schuhe waren neu. Sie lief sie gerade erst ein und zog sie nur im Haus an, sie hätte in ihnen nicht in den Garten hinausgehen sollen. Zum Glück hatte es nicht geregnet. Die Schuhe glänzten noch genauso sauber wie am frühen Morgen. Bennie stand natürlich wieder bei Fuß und blickte zu ihr auf. Auch Bennie sah heute sehr gut aus. Seine Nase glänzte, und seine winzigen braunen Augen waren voller Leben, sein Fell schneeweiß und wollig. Gestern hatte sie ihn gebadet. Wie ein neuer Hund sah er aus. Er hechelte, um ihre Aufmerksamkeit auf sich zu lenken, und Mrs. Bagot fiel auf, daß er die kräftigen weißen Zähne eines sehr jungen Tieres hatte.

Bennie war intelligent. Er wußte, weshalb sie da am Fenster stand und hinausschaute. Sie hatte ein Auge auf ihre Töchter. Bennie war den Kindern allzeit geduldig ergeben, doch selbst wenn er schlief, lauerte er auf jedes bißchen Zuneigung, das Mrs. Bagot für ihn erübrigte. Die Kinder würden heranwachsen, Bennie aber würde derselbe bleiben – dieselbe Größe, derselbe Gesichtsausdruck. Genauso, wie Bennie in dieser Minute aussah, würde er Mrs. Bagot in späteren Jahren ins Gedächtnis treten. Einen Hund wie ihn wird es nie wieder geben, dachte sie. Er war ein ungewöhnlicher Mischling. Als sie zu ihm hinabblickte, schossen ihr

Tränen in die Augen, aber sie lächelte. Dann hatte sie es plötzlich eilig. Sie eilte aus dem Zimmer und die Diele entlang, und in Eile öffnete sie die Haustür. Sie wollte auf der Stelle hinaus zu den Kindern. Sie wollte mit Lily reden, sie loben, was für ein braves Kind sie gewesen sei, und sie wollte Margaret auf den Arm nehmen. Sie wollte Margaret an sich reißen. Sie konnte es nicht erwarten, die Arme um Margaret zu schlingen, sie hochzuheben und mit ihr ins Haus zu eilen, solange sie noch klein und jung genug war, um sich angekuschelt wie ein Baby tragen zu lassen.

Martin Bagot wußte sehr wohl, daß heute sein Hochzeitstag war, und der Gedanke daran stimmte ihn verlegen und gereizt. Um ihre Ehe stand es doch ganz leidlich, und er wollte an den Jahrestag nicht erinnert werden. Für Sentimentalitäten hatte er nichts übrig. Er wollte in Ruhe gelassen werden. Als Delia das Frühstückstablett abgestellt und gezögert hatte, glaubte er zu wissen, was sie sagen würde, und bekam es mit der Angst zu tun. Und als sie endlich, ohne zu sprechen, aus dem Zimmer ging, war er froh – beschämt zwar, aber doch froh.

In letzter Zeit hatte er das Gefühl, Dinge aufschieben zu müssen. Dieses Gefühl überkam ihn nur, wenn er zu Hause war oder sich auf dem Heimweg befand, und am liebsten hätte er seine Rückkehr für immer aufgeschoben. Am liebsten hätte er von sich selbst Urlaub genommen. Wenn er sich im Haus aufhielt, war er sich selbst verhaßt. Das Gefühl, sich selbst verhaßt zu sein, wurde mit jedem Tag stärker. Er wußte, daß es stärker wurde, denn manchmal konnte er sich an Gefühle erinnern, die er sechs Monate zuvor gehabt hatte, und diese Gefühle, die ihm damals so schmerzlich erschienen waren, waren nichts im Vergleich zu dem, was er heute empfand.

Er brauchte Zeit zum Nachdenken. Er suchte eine Gelegenheit, das häßliche Bild, das er von sich hatte, von seinem wirklichen Ich zu trennen, damit er Abstand gewinnen und entscheiden konnte, was zu tun sei. Es gab da eine Redensart, die ihm immer wieder in den Sinn kam und die seine Augen mit Tränen der Scham füllte – »Frau und Kinder am Hals haben«. So lautete die Redensart, die ihn immer wieder quälte. »Jetzt hat er Frau und Kinder am Hals.« Es war eine geläufige Wendung, und er begriff nicht, weshalb sie ihn immer wieder quälte, da sie doch auf ihn gar nicht zutraf und seiner Haltung Delia und den Kindern gegenüber nicht gerecht wurde. Sie entsprach nicht den Gefühlen, die er ihnen entgegenbrachte. Sein Leben war nicht so unbedeutend, daß man es mit einer so billigen Phrase abtun konnte. So weit hatte er es nicht kommen lassen, denn er war nicht die Sorte Mann, die sich in diese Schublade stecken ließ. Er war kein gewöhnlicher Mann. Über ihn, Martin Bagot, ließ sich wohl sagen, daß er Frau und Kinder »im Hintergrund« hatte, aber »am Hals«? Niemals. Deshalb brauchte er Zeit zum Nachdenken, damit er sich ein für allemal von dem verhaßten Ich befreien konnte, das sich wie ein armer Teufel aufführte, der Frau und Kinder am Hals hatte. Wenn ihn dieses Gefühl überkam, verabscheute er das Haus, da er fand, daß es ihn von Grund auf verwandelte. Solange er sich nicht im Haus aufhielt, ging es ihm einigermaßen gut, und er konnte sich einreden, daß es auch Delia einigermaßen gutging. Schließlich hatte sie das Haus und die Kinder, was wollte sie mehr? Sie führte ein eigenes Leben. Das redete er sich ein. Doch sobald er nach Hause kam, fühlte er sich belästigt und verfolgt, als wimmele es im Haus von Menschen, die alle nur darauf warteten, er möge das eine Wort sagen, das sie glücklich machte.

Sie wußte sich nie zu helfen. Wenn sie ihn ansah, machte der Ausdruck in ihren Augen ihn ganz kribbelig. Immer hatte er

Angst, sie könnte etwas sagen, was das Haus um ihn herum zum Einsturz bringen würde, bevor er Zeit hätte, zu entscheiden, was er tun solle. Und jetzt, am Morgen ihres Hochzeitstags, als sie nach jenem bedeutungsvollen Zögern aus der Kammer gegangen war, empfand er plötzlich Zuneigung zu ihr und Dankbarkeit, weil sie nichts gesagt hatte, was ihn verlegen stimmte. Vielleicht begriff sie ja doch. Er fragte sich nicht weiter, was sie denn begreifen mochte. Da ihr Schweigen ihn noch immer umfing, war er froh und erleichtert und fühlte sich geradezu bestätigt, so als habe er mit Mühe und unter großen persönlichen Opfern Kurs halten können und einen wohlverdienten Sieg errungen, auf den er nie zu hoffen gewagt hätte. Er fühlte sich so gut wie lange nicht mehr und verzehrte mit Appetit sein Frühstück.

Als er abends nach Hause kam, war er noch immer guter Dinge. Er trat in die düstere Diele und hastete die Treppe hinauf, ohne das Geländer zu berühren, das in der nächtlichen Stille so laut knarrte wie an dem Tag, als Delia und er das Haus zum ersten Mal betreten hatten und es noch leer war, voll hohler Geräusche. Er war müde und sehnte sich nach Schlaf. Er war so schläfrig, daß er sich im Geist schon voller Behagen in die stillen, dunklen Stunden hinabsinken ließ, die ihn erwarteten. Seine Gedanken schwebten ihm träumerisch voran und lockten ihn in die Kammer, in der er sich zur Ruhe betten würde, doch als er die Tür öffnete und das Licht anknipste, wurde er hellwach. Der Anblick von Delias Blumen versetzte ihm einen Schock, und er fühlte sich hintergangen – als hätte sie ihn in eine Falle gelockt. Ob sie etwas sagte oder nicht, ob sie im Zimmer war oder nicht, sie brachte es fertig, ihn zu tadeln. Ihr war nicht zu entkommen. Und es hatte keinen Sinn, mit ihr zu streiten. Es gab keine Möglichkeit, sich mit ihr auseinanderzusetzen. Er war zu der Überzeugung gelangt, daß sie im Grunde selbst nicht wußte, weshalb sie die Dinge tat, die sie tat. Er sah sie vor sich, wie sie in der Kammer stand und die Blumen auf den Schreibtisch stellte, wie sie sich umblickte, wieder hinausging und die Tür hinter sich schloß, damit die Tiere nicht hineingelangten und ihn ärgerten, und das alles in dem Glauben, ihm »etwas Gutes« zu tun. Nie begriff sie, weshalb sie etwas tat, und nie gestand sie sich ein, weshalb sie etwas tat. Sie wußte es nicht besser, das war das Schlimmste. Und was den Rest der Welt anging, so schien sie nur begreifen zu können, daß Gehorsam geboten war. Immer tat sie, was man ihr auftrug, und dann wartete sie darauf, daß man ihr sagte, was sie als nächstes zu tun habe. Sie besaß keinen eigenen Willen. Der bloße Gedanke an sie irritierte ihn. Sie war eine große Bürde. Nicht, daß sie faulenzte. Dauernd hatte sie zu tun, sei es im Haus oder im Garten, und wenn sie sich einen Augenblick setzte, nahm sie sogleich ihr Strick-, Näh- oder Stopfzeug zur Hand. Aber Haus und Garten, ja selbst die Kinder waren bloße Tarnung, und wenn die Tarnung abgelegt war und sie allein beisammensaßen, konnte Martin den Anblick ihres passiven Gesichts, ihrer passiven Hände und ihres passiven Körpers nicht ertragen. Dann wollte er nur noch fort von ihr. Wenn sie allein waren, schien sie leblos, und falls es für ihren Gesichtsausdruck einen Namen gab, dann Beschämtheit. Ihre Beschämtheit irritierte ihn, da sie ihm gekünstelt vorkam, und er fand, daß sie, wenn sie nur gewollt hätte, einen anderen Gesichtsausdruck hätte wählen können – eine heiterere Miene.

Jetzt standen diese Blumen hier, um ihn, *zu spät*, an den Hochzeitstag zu erinnern. Und ihre Schönheit und Unschuld lenkte seine ärgerliche Aufmerksamkeit auf all die Fürsorge, die Delia ihm bezeigte. Die Kammer, in der er stand, sprach ihm nur von

Liebe. Und es war ihre Fürsorge, die ihn zur Verzweiflung trieb – diese unentwegte Fürsorge, die er zwar nachempfinden, aber nicht erwidern konnte, die er nicht wollte und der er sich nicht zu entziehen vermochte. Er hob die Schale mit den Blumen so unachtsam auf, daß etwas Wasser herausschwappte und er sie mit der anderen Hand abstützen mußte. Er würde die Blumen nach unten bringen und sie irgendwo abstellen, und morgen würde er Delia gar nicht erst darauf ansprechen. Und für den Fall, daß sie sie erwähnte, würde er ihr einfach sagen, er wünsche in seinem Zimmer keine Blumen. Es blieb ihm keine andere Wahl. Er mußte die Blumen aus dem Zimmer schaffen. Bei ihrem Anblick wurde ihm übel. Als er sich vom Schreibtisch abwandte, verrutschten die Blumen, und als er versuchte, sie wieder aufzurichten, glitt ihm die Schale aus der Hand und zersprang auf dem Boden in große Scherben. Der Teppich dämpfte das Geräusch. Martin bückte sich, hob zwei Scherben auf und hielt sie aneinander, dann bückte er sich abermals, las die restlichen Scherben und die Blumen auf und legte alles auf den Schreibtisch. Schließlich setzte er sich auf den Stuhl und barg das Gesicht in den Händen. Das hatte er nicht gewollt. Um nichts in der Welt wollte er ihr etwas nehmen oder ihr weh tun. Das arme Ding, sie hatte doch nichts Arges im Sinn. Er hätte die Blumen stehenlassen sollen. Er hätte es verwinden können, sie die eine Nacht im Zimmer stehen zu lassen.

Er wußte, sein ursprüngliches Vorhaben war weit schlimmer als das, was er tatsächlich verbrochen hatte. Bei dem Gedanken an seine eigentliche Absicht bekam er es mit der Angst zu tun. Es war mehr als Angst. Es war Entsetzen. Was er vorgehabt hatte – im Grunde hatte er es ausgeführt. Die zerbrochene Schale hatte ihn aus einem Alptraum gerissen, und er wußte, daß er sich für den

Rest seines Lebens in diesem schlafenden Haus die Treppe hinunterstehlen würde, die Schale mit den Blumen in den Händen. O ja, so würde es kommen. Immer wieder von neuem. Das wußte er. Die Versuchung wäre stets zu groß, die Versuchung oder die Erregung oder was immer es war. Seine Enttäuschung über Delia würde stets die Oberhand gewinnen. Er stand auf. Jedenfalls würde er jetzt nach unten gehen müssen, um ein Glas oder dergleichen zu holen, in das er die Blumen hineinstellen konnte, denn ohne Wasser wären sie bis zum Morgen verwelkt.

Draußen auf dem Flur blickte er die kurze Treppe empor, die fünf Stufen, die zu den beiden Schlafzimmern führten. Die Türen waren geschlossen, hinter ihnen schliefen Delia und die Kinder, träumten selbstversunken vor sich hin und dachten nicht an ihn. Ihr tiefer Schlaf verwandelte das Haus in eine Zufluchtsstätte, und Martin dachte: Wenn diese Nacht doch nur ein oder zwei Wochen andauern würde, hätte ich vielleicht genügend Zeit, in meinem Kopf alles zurechtzurücken – dann wüßte ich, was zu tun ist … Wenn sie nur lange Zeit glücklich so weiterschliefen, könnte er vielleicht wieder richtig denken lernen. Aber der kommende Tag, bis zu dem ihm nur noch wenige Stunden blieben, türmte sich vor ihm auf wie eine mächtige Woge, die um so verheerender war, als ihr vierundzwanzig Stunden später eine weitere Woge und dann wieder eine folgen würde. Die Tage, die vor ihm lagen, würden kein Ende nehmen; die am weitesten, viele Jahre entfernten sammelten bereits ihre Kräfte, während er noch wartend im Flur stand. Was für grausige Aussichten! Es gab kein Entrinnen aus diesem Haus, das inzwischen Martins ganze Zukunft zu bergen schien und ein Gutteil seiner Vergangenheit.

Und Delia wußte nichts von alledem. Sie konnte sein Leiden nicht nachvollziehen, selbst wenn er versuchte, mit ihr darüber zu sprechen. Er war ein einsamer Mann. Schon immer war er eine mehr oder weniger einsame Gestalt gewesen, jetzt aber war er einsamer denn je. Er war stolz auf seine Einsamkeit, und er verstand sie. Er wußte, daß er sich durch sie von allen anderen abhob. Er war ein auf Einsamkeit bedachter Mann, kein gewöhnlicher Familienvater, überhaupt kein häuslicher Mensch. Er glaubte, daß seine Einsamkeit seinem tiefsten Inneren entsprang und ihn empfindsamer gemacht hatte als andere Männer, gleichzeitig aber stärker – eine Art Visionär. Mag sein, daß schwer mit ihm auszukommen war, aber Delias Problem bestand ja nicht darin, daß schwer mit ihm auszukommen war, sondern daß sie ihn nicht zu würdigen wußte. Delia hatte nicht das geringste Verständnis für ihn und würde auch nie welches aufbringen können. Die Hoffnung, bei ihr je auf Verständnis zu stoßen, hatte er längst aufgegeben. Sie war in einem fort beschäftigt: »verschönerte« das Haus, hantierte im Garten herum, sparte auf ein neues Stück Linoleum oder auf neue Vorhänge und vergeudete dabei meist nur ihre Zeit, und doch fühlte sich Martin in diesem Augenblick, da er im Flur stand, so sehr bei sich wie schon seit langem nicht mehr, und für Delia empfand er nicht nur Langmut, sondern Mitleid, da sie so blind und schwach war und neben ihm dahinlebte wie ein kleiner Maulwurf, der sich keine Vorstellung davon macht, wie das Leben außerhalb dieser gewöhnlichen, mickrigen vier Wände aussehen könnte.

Er ging die Treppe hinunter. Letztlich würde es morgen früh doch nicht so schwierig werden. Wenn sie mit dem Tablett hereinkäme, würde er ihr die Scherben zeigen und ihr weismachen, er habe die Schale nur hochheben wollen, um die Blumen zu bewundern, da sei sie ihm aus der Hand gerutscht. Er würde ihr zeigen, wie er die Blumen ihr zuliebe in einem Glas Wasser gerettet hatte, und versprechen, ihr eine neue Kristallschale zu kaufen. Schon morgen abend würde er die neue Schale mit nach Hause bringen, und wenn sie nicht zu teuer wäre, würde er ihr vielleicht sogar noch eine zweite, kleinere Schale mit demselben Muster besorgen. Sie mochte Dinge, die zueinanderpaßten. Sie würde ihn nicht danach fragen, was wirklich passiert war, sondern sich darüber freuen, daß er sich die Mühe machte, ihr eine neue Schale zu beschaffen. Sie würde es unnötig finden, aber er würde darauf bestehen. Den Hochzeitstag würde sie mit keinem Wort erwähnen. Verlegenheit würde gar nicht erst aufkommen. Martin wußte, daß Delia so wenig an einer Szene gelegen war wie ihm, außerdem mußten sie Rücksicht auf die Kinder nehmen.

Der Teppich mit den großen pinkfarbenen Rosen

Der beige Teppich mit den großen pinkfarbenen Rosen im vorderen Wohnzimmer war aufgerollt, durch die Diele und die Küche in den Garten geschleift und auf dem Rasen ausgebreitet worden, wo er jetzt von einer kleinen Frau, die eine unvorteilhaft strenge Miene zur Schau trug, ausgeklopft und abgebürstet wurde. Diese Frau war Mrs. Bagot. Sie fand es komisch, daß sich ihre beiden Kinder, die eigentlich an der frischen Luft sein sollten, im Haus aufhielten, während der Teppich draußen im Garten lag und die frische Luft genoß. Der Teppich wurde gelüftet, weil gerade eine anhaltende Schönwetterperiode herrschte. Seit fast zwei Wochen hatte es nicht geregnet, und das Gras war sehr trocken. Es brauchte Wasser und würde es, wenn es erst einmal vom Teppich niedergedrückt war, mehr denn je brauchen. Aber das Gras war so trocken, daß dem Teppich nichts passieren konnte – es würde keine feuchten Flecken geben. Der Teppich würde unversehrt bleiben, und das Gras wäre gerettet, obwohl »gerettet« ein zu starkes Wort war – die Gefahr, daß es je verdorrte, bestand ja nicht. Das Gras würde sich schon wieder erholen. Jetzt jedenfalls sah der Teppich sehr schön aus, so als sei das wahre Fundament des Gartens bloßgelegt: eine Fülle pinkfarbener Rosen.

Lily Bagot, sieben Jahre alt, hatte schulfrei, da eine der Nonnen verstorben war. Lily wollte in den Garten hinaus, sich auf den Teppich setzen und auf Reisen gehen, aber Mrs. Bagot hatte nein gesagt. Der Teppich lag im Garten, um ausgeklopft zu werden, nicht um als Sitzfläche oder als Spielplatz zu dienen. Aber sich auf den Teppich zu setzen und auf Reisen zu gehen – das hätte auch Mrs. Bagot gefallen, selbst wenn sie Lily gegenüber nicht zugab, daß sie genauso dachte wie sie. Die beiden Kinder und Bennie, den Hund, auf den Teppich zu setzen, gemeinsam auf Reisen zu gehen und einfach zu verschwinden, selbst wenn es nur für den Nachmittag oder für einen Teil des Nachmittags wäre. Eine kleine Weile zu verschwinden, würde niemandem schaden, und es wäre sehr erholsam, einmal aus dem Haus zu kommen, ohne daß man durch die Vordertür trat und sich dem Zeremoniell unterzog, die Straße entlangzugehen, wo einen jeder sehen konnte.

Aber über diesen Träumereien vernachlässigte sie ihre Arbeit. Schade, daß Lily im Haus eingesperrt war, doch das ließ sich nun einmal nicht ändern. Sobald der Teppich wieder auf dem Fußboden lag, konnte Lily hinaus, in der Zwischenzeit war sie oben im Schlafzimmer mit Margaret vollauf beschäftigt. Margaret, die fünf Jahre alt war, lag mit einer Erkältung zu Bett. Margaret neigte dazu, sich einsam zu fühlen, wenn sie allein gelassen wurde, und wenn sie einsam war, schrie sie gellend. Solange Lily bei ihr war, mit ihr schwatzte und sie herumkommandierte, hatte sie keine Veranlassung zu schreien.

Der Goldregen hinter Mrs. Bagot stand in voller Blüte. Wenn man ihn so sah, konnte man meinen, die einzig wahre Farbe sei Gelb. Irgend etwas – vielleicht eine übergewichtige Biene oder ein störendes Insekt – bewirkte, daß eine der gelben Blüten abfiel. Sie trudelte unschlüssig auf den Teppich hinab, wo sie auf dem verblichenen grünen Stiel einer der Rosen in der Mitte zur Ruhe kam. Mrs. Bagot streckte die Hand aus, um das kleine Opfer vor dem Staub und vor ihrer eigenen Heftigkeit zu schützen. Aber dann stand sie doch lieber auf, um ihren Rücken zu schonen. Ah, wie wohltuend, dieses Ziehen in ihrem Rücken, als sie sich aufrichtete. Sie war müde. Sie merkte es daran, wie sehr sie ihren Rücken spürte. Das bildete sie sich nicht ein. Vielleicht bildete sie es sich ein, aber ihr Rücken sagte die Wahrheit, und was sagte ihr Rücken? Daß sie müde war. Es war befriedigend, zu fühlen, wie ihre Muskeln sich entspannten und wie sie versuchten, ihre alte Form wiederzufinden, sie achtete auf ihre Klagen und bemitleidete sie fast ein wenig. Sie sollte sich mal so richtig dehnen. Sie hätte sich gern gestreckt, die Arme gereckt, all die Mattigkeit aus ihrem Körper hinausgedehnt, aber damit konnte sie wohl schwerlich hier draußen im Garten anfangen. Mrs. Finn von nebenan würde denken, ihr fehle etwas, sie würde zur Mauer gelaufen kommen, die ihre Gärten trennten, und mit lauter Stimme von Krankheiten und schlimmen Symptomen faseln.

Mrs. Bagot wußte, daß es am besten wäre, in die Küche zu gehen, sich kurz hinzusetzen, dann gleich wieder hinauszugehen und die Arbeit rasch zu beenden. Dennoch blieb sie in dem milden Sonnenlicht stehen, während der Goldregen hinter ihrem Kopf einen dunkelgelben Schatten warf. Der Gedanke daran, sich zu dehnen und sich auszuruhen, hatte alle Wörter verscheucht bis auf das eine: Schlaf. Schlaf – ihr Kopf war voll davon, es breitete sich in ihr aus und trübte ihre Gedanken, und sie fragte sich, wie ein einziges Wort, »Schlaf«, so deutlich und gleichzeitig so undeutlich sein konnte wie eine Schrift am Himmel.

Sie ging auf das nur wenige Schritte entfernte Haus zu. Der Zementstreifen zwischen Rasen und Hausmauer sah gefegt und sauber aus – das war passiert, als sie den Teppich darüber hinweggeschleift hatte. Sie eilte durch die Küche und die Diele. Die Kinder hatten zu lange keinen Mucks mehr von sich gegeben. Gerade wollte sie die Treppe hinaufgehen, als sie aus dem vorderen Wohnzimmer ein Geräusch vernahm – natürlich, Lily, die nie das tat, was man ihr auftrug. Lily lag mit dem Gesicht nach unten auf dem nackten Holzfußboden. Sie versuchte, durch die Dielenritzen zu spähen, erst kniff sie das eine Auge zu, dann das andere, und schließlich versuchte sie, noch deutlicher zu sehen, indem sie die Hände auf beiden Seiten ihres Gesichts zu Scheuklappen formte. Sie sah zu ihrer Mutter auf, und ihr Blick verriet, daß sie kampfbereit war.

»Lily, ich dachte, du wärst oben«, sagte Mrs. Bagot, aber dann verstummte sie. Schließlich kam es nicht oft vor, daß Lily schulfrei hatte. »Schon gut, Lily. Ich bin dir nicht böse. Ich bin gar nichts. Ich will nur nicht, daß du ganz allein hier unten bist. Und wieso versuchst du, durch den Fußboden zu gucken?«

Es war eine einfache Geschichte, rasch erzählt. Lily hatte zwei Penny-Münzen geschenkt bekommen, die sicher und außerhalb ihrer Reichweite auf dem Kaminsims im hinteren Wohnzimmer verwahrt worden waren, aber dann war es ihr doch gelungen, an sie heranzukommen, sie hatte eine der beiden Münzen genommen und in eine Dielenritze gesteckt, und plötzlich war die Münze hineingerutscht und verschwunden. Dabei hatte Lily doch nur ausprobieren wollen, ob die Münze zwischen die Dielenbretter paßte.

»Vermutlich bin ich daran schuld«, sagte Mrs. Bagot. »Ich hätte dir eine der beiden lassen sollen. Dann wärst du nicht so neugierig gewesen. Den Penny wirst du jedenfalls nie wiedersehen. Der ist für immer weg. Na ja, macht nichts. Das ist schon mal vorgekommen und wird auch wieder vorkommen. Wir waren kaum hier eingezogen, als mir ein Sixpence-Stück verlorenging. Es ist mir aus der Hand gefallen und dort drüben hingerollt. Fast hätte ich's rausgefischt, aber dann war's weg, unterm Haus begraben. Das Fundament des Hauses ist bestimmt aus Geld.«

»Wann kriegen wir es wieder?« fragte Lily.

»Ach, woher soll ich das wissen? Dazu müßte man die Dielen hochnehmen. Du stellst zu viele Fragen. Willst du nun hierbleiben oder mit mir raufgehen?«

»Du stellst zu viele Fragen«, antwortete Lily. »Ich geh mit dir rauf.«

Das Fenster des hinteren Schlafzimmers, in dem Margaret lag, blickte auf den Garten und jenseits des Gartens auf die Anlagen des Tennisclubs, und dahinter, allerdings in allzu weiter Ferne, als daß man sie hätte sehen können, lagen die Hügel von Dublin. Der Teppich macht den Garten schöner, dachte Mrs. Bagot. Teppich und Goldregen ergaben zusammen ein Bild. Sie wurde wieder müde. Es war wirklich albern. Womöglich würde es lange keinen solchen Tag mehr geben, und sie dachte an nichts anderes, als ihn mit Schlafen zu vergeuden. Der Teppich dort unten auf dem Rasen wirkte so einladend. Jetzt wäre es genau das Richtige, sich daraufzulegen und an der frischen Luft vor sich hinzuträumen, nicht zu schlafen. Sie beneidete Leute, die sich die Freiheit nahmen, zu tun, was ihnen beliebte, ohne sich befangen zu fühlen oder sich zu schämen. Es gab eine Menge Frauen, die sich auf den Rasen oder auf den Teppich legen und deswegen nicht geringer von sich denken oder danach fragen würden, was andere von ihnen hielten. Mrs. Bagot wünschte, sie könnte auch so sein. Beneidenswert, diese Leute.

Sie zog das Rollo herab, und das helle Zimmer wurde dunkel – ein dunkles Blau –, dann ging sie wieder zu dem großen Messingbett, das Lily und Margaret sich teilten. Das Bett war mit einer rot-weiß-rosa Patchworkdecke bedeckt, die zu beiden Seiten auf den Fußboden herabhing. Margaret saß, von Kopfkissen gestützt, aufrecht im Bett, und dicht neben ihr hatten sich behaglich zwei

Katzen zusammengerollt, die eine orangefarben, die andere schwarz. Zu ihren Füßen hatte sich Bennie, der weiße Rauhhaarterrier, auf die Seite gelegt. Mit dem einen Lauf hielt er wohlweislich sein Auge bedeckt, wedelte aber hoffnungsfroh mit dem Schwanz. Die Katzen, wachsam und mit offenen Augen, rührten sich nicht. Rupert, der große orangefarbene Kater, schnurrte laut und rhythmisch. Das war seine einzige Fertigkeit, und er war stolz darauf. Er hörte nie auf zu schnurren. Freunde, Fremde und Möbelstücke schnurrte er gleichermaßen an. Heute morgen erst hatte er sich schnurrend an einen der dünnen Äste des Goldregens geschmiegt und selbst dann noch geschnurrt, als er das Gleichgewicht verlor und wie ein Tölpel an den Vorderpfoten dahing, während er überlegte, ob er sich nun aufs Gras fallen lassen oder versuchen sollte, auf seinen Ausguck zurückzuklettern. Er schnurrte für sein Leben gern, und niemand wußte, ob er nun wahrhaft blöde oder wahrhaft liebenswürdig war. Margaret hatte die Hand auf seine Rippen gelegt, wo sie das Schnurren spürte. Die andere Hand ruhte auf Minnies dürren schwarzen Rippen. Minnies Schnurren war gedämpft und absichtsvoll. Sie schnurrte nur, wenn sie glücklich war. Auch jetzt schnurrte sie, aber dessen konnte sich nur Margaret sicher sein.

»Laß sie bei mir bleiben«, bat Margaret ihre Mutter. »Heute sind sie doch ganz brav.«

»Sie dürfen ja bleiben«, antwortete Mrs. Bagot. »Wenn ich sie nach unten bringe, laufen sie nur hinaus und kratzen mir die Rosen aus dem Teppich. Und Bennie darf auch bleiben. Wenn der den Teppich draußen sieht, wird er versuchen, ihn wieder ins Haus zu schleifen. Aber jetzt mußt du dich hinlegen und schlafen. Mach die Augen zu.«

Lily lachte. »Das würd ich gern sehen, wie Bennie den Teppich ins Haus schleppt«, meinte sie.

Margaret schlief auf der linken Seite des Bettes. Lilys Platz war auf der rechten, zur Tür hin. Als Mrs. Bagot das zusätzliche Kissen hinter Margaret hervorzog, beugte sie sich vor und küßte sie, und dann küßte sie sie ein zweites Mal. Margaret blickte zu ihr auf, als würden sie voneinander Abschied nehmen. Margaret wehrte sich immer bis zur letzten Minute gegen den Schlaf, sie flüsterte gegen ihn an, flüsterte von ihren Ängsten und von ihren Sehnsüchten, als hoffte sie, der Schlaf möge sie erhören und verschonen, weil sie so interessante Dinge zu erzählen wußte. Auch jetzt wieder flüsterte sie, und ihre Stimme übertönte gerade eben Ruperts emsiges Schnurren. »Bleib bei mir«, flüsterte sie. »Geh nicht weg. Bleib hier bei mir.«

Mrs. Bagot lächelte ihr zu, dann sah sie auf und lächelte Lily zu.

»Ach, wie raffiniert die wieder ist«, sagte Lily. »Richtig raffiniert.«

»Margaret, ich kann nicht bleiben«, sagte Mrs. Bagot. »Ich muß wieder nach unten und den Teppich fertig klopfen.« Sie ging ums Bett herum und blieb auf der anderen Seite stehen, bei der geöffneten Tür. »Jetzt wirst du aber einschlafen, nicht wahr?« sagte sie.

»Bleib bei mir«, flüsterte Margaret, »nur eine Minute, nur für eine Minute. Bleib bei mir. Geh nicht weg. Nur eine Minute, bleib bei mir. Dann schlaf ich ein.«

»Ach, Margaret«, sagte Mrs. Bagot, setzte sich auf die Bettkante und strich Margaret die Haare aus der Stirn. Dann fing sie an zu gähnen. Sie wandte sich von dem Kind ab und vergrub ihr Gesicht in Lilys Kopfkissen, bis sie sich ausgegähnt hatte. Das Kopfkissen war weich. Sie drückte ihr Gesicht hinein, zog die Beine aufs Bett und streckte sich aus. »Ach, ist das schön«, sagte sie und streifte ihre Schuhe ab, erst den einen, dann den anderen.

»Stellst du meine Schuhe auf den Boden, Lily?« fragte sie. »Ich bleib einen Moment liegen, bis Margaret eingeschlafen ist.«

Lily nahm die Schuhe und stellte sie auf den Boden, dann richtete sie sich auf und blickte auf ihre Mutter hinab. »Im Bett wirkst du ganz flach«, meinte sie.

»Paß auf, daß ich nicht einschlafe, Lily«, sagte Mrs. Bagot.

»Mutter, darf ich dir nur noch eine Frage stellen?«

»Was denn, Lily?«

»Wenn das Haus in die Luft fliegt, kommen wir dann an das Geld ran?«

»An was für Geld? Wovon redest du?«

»An das Geld, das unten unter den Dielen liegt.«

»Das Haus wird nicht in die Luft fliegen. So was darfst du nicht denken.«

»Aber es könnte doch in die Luft fliegen, oder? Es könnte in die Luft fliegen.«

»Es könnte, aber es wird nicht. Jetzt hör auf zu reden und laß Margaret schlafen.«

»Warum nicht?«

»Es – das Haus kann deswegen nicht in die Luft fliegen, weil wir darin wohnen. Jetzt laß gut sein, Lily. Ich will, daß Margaret schläft.«

»Wenn wir nach unten gehen, hab ich noch eine Frage«, sagte Lily.

Mrs. Bagot spürte, wie ihre Arme und Beine im Bett versanken, als wollten sie sie dort festhalten, wie sie langsam in weicher Wohligkeit versanken, dann spürte sie, wie auch ihr Rücken versank, und danach begannen ihre Schultern sich zu lockern, nur ihr Kopf lag nicht bequem. Ihre Haare waren im Weg, und sie hob den Arm von den Augen, zog die Haarnadeln heraus und bettete ihre Haare auf das Kopfkissen, wo sie sich schläfrig lösten und zu ihrer vollen Länge auseinanderfielen.

»Hoffentlich kommt niemand an die Tür«, sagte Mrs. Bagot. »Die würden mich für verrückt erklären – mir mitten am Tag die Haare aufzumachen.«

»Vielleicht kommt ja niemand«, erwiderte Lily.

»Sag mir Bescheid, wenn Margaret eingeschlafen ist«, sagte Mrs. Bagot, »dann steh ich auf. Und paß auf, daß ich nicht einschlafe, Lily.«

Margaret war längst eingeschlafen. Sie schlief tief und fest, und dann dämmerte auch Mrs. Bagot weg. Ehe sie sich's versah, war sie eingenickt. Margaret schlummerte, den rechten Arm neben ihrer orangefarbenen Lieblingskatze ausgestreckt. Auch Bennie döste. Minnie, die ahnte, daß etwas Ungewöhnliches vor sich ging, tappte quer übers Bett und schmiegte sich selig in Mrs. Bagots langes braunes Haar, das schönste Nest, das sie kannte. Sie alle ruhten in tiefer Geborgenheit. Im Haus war kein Laut zu hören. Niemand kam an die Tür. Niemand sah sie. Wie sie dort alle miteinander im Bett lagen, mochten sie ebensogut unsichtbar sein oder verzaubert oder, was sie ja einstweilen auch waren, völlig vergessen.

Lily saß draußen im Garten auf dem Teppich und reiste unverzüglich nach Paris. Von Paris aus flog sie nach Spanien, wo sie, hoch oben in der Luft schwebend, zögerte. Sie versuchte, sich an den Namen der spanischen Hauptstadt zu erinnern. Vor lauter Anstrengung legte sie sich hin, und wie sie so mit geschlossenen Augen dalag, machte der Teppich kehrt und segelte nach Hause, zurück in den Garten, wo er sich wieder auf dem Rasen ausbreitete und genauso aussah wie zuvor, als der Gedanke an Schlaf

Mrs. Bagot sanft ins Haus gelockt hatte, in das Haus, das in die Luft fliegen konnte, aber niemals in die Luft fliegen würde. Niemals, niemals. Dieses Haus würde niemals in die Luft fliegen.

Der gütige Schatten

Mrs. Bagot vermißte die Kinder. Nun waren sie schon seit vierundzwanzig Stunden aus dem Haus. Genau so lange war es her, daß sie sie in den Zug gesetzt, der Obhut des Schaffners anvertraut und zu ihrer Schwester und ihrem Bruder aufs Land geschickt hatte, wo sie einen Monat bleiben würden. Sie wünschte, der Monat wäre schon vorbei. Sie wußte nicht, was sie während ihrer Abwesenheit mit sich anfangen sollte. Ohne sie hatte das Haus seinen Sinn und sein Wesen verloren. Das Haus war einsam, darauf lief es hinaus, und Mrs. Bagot hatte das Gefühl, selbst darin zu vereinsamen. Aber wenn die Kinder zurückkehrten, sollte das Haus richtig schön aussehen. Sie hatte schon genau im Kopf, was sie alles tun würde, um sie willkommen zu heißen. Erst einmal würde sie überall Blumen hinstellen – Schnittblumen aus dem Garten. Dann würde sie einen Kuchen backen und darauf mit Zuckerguß ihre Namen schreiben: »Lily« und »Margaret«. Auch andere Dinge hatte sie sich vorgenommen, doch trotz all dieser Vorbereitungen, die sie sich bereits eingeprägt und auf die Minute genau geplant hatte, war sie zu einem ganzen Monat erwartungsvoller Untätigkeit verurteilt, dabei wußte sie doch, daß eine erwachsene Frau ein eigenes Leben führen sollte. Selbst als Mutter sollte eine Frau ein eigenes Leben führen, das auch dann Bestand hätte, wenn die Kinder eine Zeitlang aus dem Haus wären. Das wußte sie. Es war nicht richtig, so sehr in den Kindern aufzugehen, daß man, kaum waren sie fort, keine Spur mehr von sich selbst entdeckte. Was würde sie tun, wenn sie erwachsen wären? Gewiß, es war albern, daran zu denken; nicht albern – krankhaft. Ihre Phantasie ging mit ihr durch. Sie würde sich eine Tasse Tee machen, um sich aufzumuntern. Der Tee würde sie aufmuntern. Doch sie rührte sich nicht vom Fleck. Sie blieb weiter an dem großen Fenster stehen, das auf ihren Garten hinausging.

Das große Fenster war das Fenster im Eßzimmer. Es war wirklich sehr groß, ein fast quadratisches Schiebefenster, und im Moment wirkte es sehr kahl, weil sie die Vorhänge abgenommen hatte, um sie zu waschen. Durch den Regenschleier war der Garten kaum zu sehen. Der gelbe Rosenstrauch schien weit entfernt, ein verschwommener heller Fleck, wie das Licht einer Straßenlaterne im Nebel. Und die anderen Blumen, die sich nicht so eng um einen Mittelpunkt drängten wie die Rosen und nicht so feste Umrisse besaßen, schienen sich aus eigener Kraft fortzubewegen, langsam in der feuchten, grauen Luft umherzuschwimmen und sich zu anderen Mustern zusammenzusetzen, als sie erwartet und im Verlauf des Sommers ja auch schon gesehen hatte. Es war der schwerste Regenguß seit langem, und sie freute sich darüber – er war dringend nötig. Auch darüber, daß er erst heute niederging, und es nicht schon gestern geregnet hatte, freute sie sich. Die Kinder wären nicht gern bei Regenwetter verreist. Sie hatten sich so auf die Aussicht aus dem Zugfenster gefreut. Und sie selbst hätte sich Sorgen um nasse Füße und nasse Köpfe gemacht. Ja, es war ein Glück, daß der Regen bis jetzt ausgeblieben war.

Am Morgen, als sie gesehen hatte, daß der Regen heftiger wurde, war sie hinausgegangen und hatte alle voll oder halb erblühten Rosen geschnitten. Die weißen, die pinkfarbenen und die roten – nur die gelben nicht. Der gelbe Rosenstrauch hatte schon im Garten gestanden, als sie und Martin eingezogen waren.

Sie mochte ihn besonders gern, denn er hatte sie dazu angestiftet, sich an die Arbeit zu machen und den schönen Garten anzulegen, den sie jetzt hatte. Nur selten schnitt sie eine der gelben Rosen, und dieses Jahr hatten sie eine so wunderbar arrangierte Blütenpracht entfaltet, als habe ein großer Künstler sie dazu gebracht, genau so zu wachsen, wie es dem Bild entsprach, das er im Kopf hatte. Deshalb hatte sie die gelben Rosen an diesem Morgen ihrem Schicksal überlassen – zu überleben oder gemeinsam abzufallen. Soweit sie sah, hielten sie stand – eine gerundete Form, die nach oben spitz zulief, eine dichte, zarte Kugel aus Gelb, wie eine Christbaumkugel oder eine Minarettkuppel. Ein reines Zufallsgebilde, diese Anordnung. Nie wieder mochte es dazu kommen. Sie war froh, daß sie sie nicht gestört hatte.

Die weißen, die pinkfarbenen und all die roten Rosen ergaben ein großes Bukett. Sie hatte sie überall verteilt: in diesem Zimmer, im Vorderzimmer und in der Diele, und dann hatte sie törichterweise auch ins Kinderzimmer einen kleinen Strauß gestellt, damit es weniger verlassen wirkte. Wenn sie heute abend an Lily und Margaret schrieb, würde sie ihnen berichten, daß in ihrem Zimmer Blumen auf sie warteten, auf dem kleinen Tisch vor dem Fenster, der über und über mit Kreide-, Tinten-, Kitt- und Plastilinflecken verunziert war. Das Kinderzimmerfenster war das Gegenstück zu dem Fenster, an dem sie jetzt stand – die Kinder schliefen im hinteren Schlafzimmer. Die Tapete war cremefarben und mit Miniaturgirlanden aus kleinen blauen Blumen bedeckt. Die Blumen waren verblichen und ebenso undeutlich wie heute, im Regen, die echten Blumen in ihrem Garten. Es war eine alte Tapete, und wie der gelbe Rosenstrauch war sie schon dagewesen, als Martin und sie vor Jahren eingezogen waren.

Zum Schutz vor dem Regen waren sämtliche Fenster im Haus fest verschlossen, die Feuchtigkeit drang dennoch ein. Mrs. Bagot wandte sich vom Fenster ab. Ihre Füße und ihre Beine waren kalt – so bekamen die Leute Rheuma. Wären die Kinder hiergewesen, hätte sie an einem so kalten Tag das Kaminfeuer schon vor Stunden angezündet, mochte es auch ein Luxus sein. Es hatte keinen Sinn, einen Schnupfen oder Hustenanfälle zu riskieren. Sie nahm eine Schachtel Streichhölzer vom Sims und kniete sich auf den Kaminvorleger. Es war zwei, drei Wochen her, seit sie das letzte Mal Feuer machen mußten, und die Kohlen waren fast ganz unter einem Wust winziger Papierkugeln begraben, die, wie sie wußte, Lily in den Eimer geworfen hatte. Es widerstrebte ihr, sie zu verbrennen. Sie nahm eine der Kugeln zur Hand und glättete das Papier – wie sie es sich gedacht hatte, eine Geheimschrift. Lily hoffte stets darauf, eine Geheimschrift zu entdecken, die sich mühelos schreiben ließ, jedoch von niemandem entziffert werden konnte außer von ihr selbst. Mrs. Bagot spielte mit dem Gedanken, auch die anderen Kugeln herauszufischen, nur um einen Blick darauf zu werfen, aber dann überlegte sie es sich anders. Wenn sie weiter so über die Kinder nachgrübelte, würde sie noch ein Unheil heraufbeschwören. Ungeduldig riß sie das Streichholz an und hielt es hier und da an das Zeitungspapier auf dem Feuerrost. Ihr standen Tränen in den Augen. Sie wollte ja, daß die Kinder sich vergnügten, aber sie fragte sich, ob sie überhaupt noch an sie dachten, wenn sie aus dem Haus waren. Sie würden sich in ihre Tante und in ihren Onkel verlieben. Nach Ablauf des Monats würden sie heimkommen und sich nach dem Bauernhof, den Tieren und der Freiheit sehnen, die sie dort genossen hatten. Nun, daran ließ sich nichts ändern. Vielleicht hatte alles ja auch sein Gutes.

Gerade wollte sie aufstehen, als ein warmer Körper ihr Bein berührte. Es war Bennie, der weiße Terrier, der, als das Streichholz angerissen wurde und das Feuer zu knistern begann, auf dem Teppich neben der Falttür aus seinem Schlaf erwacht war. Er sah zu ihr auf. Er hatte kleine, hungrige braune Augen und Schlappohren, aber die Linie von seiner schwarzen Nase bis zu seinem Kinn war fein und gleichmäßig, und oft erzählte sie den Kindern, Bennie habe edles Blut in den Adern. Sie legte ihren Arm um ihn und spürte dicht unter den flachen Kringeln seines weißen Fells seine Knochen. Sie fragte sich, wie alt er wohl war. Bei einem streunenden Tier konnte man das nie genau wissen. Als sie ihn eines Morgens auf dem Heimweg von der Messe gefunden und mit nach Hause genommen hatte, hatte der arme Bennie in den letzten Zügen gelegen. Sie hätte vielleicht an ihm vorübergehen können, aber einige Halbwüchsige hatten ihn gequält, und sie wußte, sie hätte sich nicht mehr in die Augen sehen können, wenn sie ihn ihrer Grausamkeit überlassen hätte. Inzwischen war er schon fünf Jahre im Haus. Manchmal kam er ihr vor wie ein junges Hündchen, manchmal wie ein sehr nachdenklicher ausgewachsener Hund. Er war sehr anhänglich. Noch nie hatte er nach den Kindern geschnappt. Nicht einmal nach den Katzen hatte er geschnappt, obwohl Rupert, der große orangefarbene Kater, äußerst gierig war und seine Nase oft in Bennies Freßnapf steckte in der Hoffnung, dort einen Happen vorzufinden, auf den er selbst Appetit verspürte. »Braver Bennie«, sagte Mrs. Bagot und drückte ihn fester an sich. Er reckte ihr seinen Kopf entgegen, und der Sturm der Hingabe in seinen Augen hätte sich nicht in Worten ausdrücken lassen. Sein Schweigen brannte vor Hingabe, und so würde es sein, solange er lebte.

Sie rieb seine Schulter und lächelte ihn an, dann stand sie auf. Mühelos erhob sie sich aus ihrer knienden Stellung, doch sobald sie auf den Beinen war, wurde ihr schwindlig. Daran war sie selbst schuld. Sie hatte nicht gefrühstückt. Nach dem Aufstehen hatte sie sich eine Tasse Tee aufgebrüht und gegen Mittag noch mehr Tee getrunken, das war alles. Zur Frühstückszeit hatte sie sich über die Kinder geärgert, denn solange sie sich über sie ärgern konnte, glaubte sie, sie nicht zu vermissen, und gegen Mittag, als ihr unechter, ihr vorgetäuschter Ärger verraucht war, hatte sie sich bei der Vorstellung geschämt, Mühe auf eine Mahlzeit zu verwenden, die sie nicht mit den Kindern teilen konnte.

Jetzt mußte sie aber aufhören, so zu denken. Inzwischen sollte sie doch gelernt haben, sich solchen Gedankengängen gar nicht erst zu überlassen. Anfangs, zu Beginn ihrer Ehe, hatte Martin sie oft genug vor allzu vielem Nachdenken gewarnt. Denken verleite zu Selbstmitleid, und davon gebe es genug in der Welt. Gemeint hatte er, sie dürfe sich nicht zum Denken zwingen, dürfe es mit dem Denken gar nicht erst *versuchen*, dafür sei ihre Intelligenz zu gering, sie dürfe sie nicht strapazieren, sonst werde sie sich noch ganz unglücklich machen. »Ich will nicht, daß du dich unglücklich machst«, hatte er gesagt, und sie erinnerte sich wieder daran, wie freundlich seine Stimme früher geklungen hatte, wenn er mit ihr sprach. Seit Jimmys Tod war etwas zwischen sie getreten. Jimmy wäre jetzt zehn – fast drei Jahre älter als Lily. Der arme kleine Wurm, er war nur drei Tage am Leben geblieben, und noch lange danach hatte sie sich nicht zu fassen gewußt, vielleicht hatte sie Dinge gesagt, die sie nicht hätte sagen sollen. Inzwischen taten sie ihr leid, die Dinge, die sie nicht hätte sagen sollen und an die sich nur undeutlich zu erinnern vermochte, aber immer, wenn sie an damals dachte, verflüchtigte ihr Verstand sich zu Äther, sie fühlte sich schläfrig und wußte, das war ungesund, nicht die richtige Gemütsverfassung für sie, doch wenn die Kinder zu Hause waren, war sie so von ihnen in Anspruch genommen, daß sie keine Zeit hatte, ihre Gedanken zurückwandern zu lassen. Und sie mußte sich stets in Erinnerung rufen, daß Martin sehr nett zu Lily und Margaret war, ein sehr guter Vater. Er hatte sie sehr lieb, und an Sonntagnachmittagen nahm er sie manchmal auf einen Spaziergang mit. Er fragte Lily immer nach ihren Schularbeiten und nahm Anteil an ihr. Und für Margaret dachte er sich Spiele aus, die sie zum Lachen brachten. Lily schlug ihm nach – sie war sehr gescheit und bekam immer gute Noten. Vielleicht war sie ein bißchen zu selbstsicher, aber sie war ein braves Kind, und morgen würde ein Brief von ihr eintreffen, davon war Mrs. Bagot überzeugt. Dort, wo die Kinder sich jetzt aufhielten, auf dem Land, drehte der Briefträger mit dem Fahrrad seine Runden, und heute nachmittag hatte Lily bestimmt Ausschau nach ihm gehalten.

Auch dort würde es regnen, herabregnen auf die Bäume und die Felder und auf das Haus, das am Ende des Feldwegs stand, der vom Dorf herführte. Der Feldweg war anderthalb Kilometer lang – mit dem Fahrrad eine weite Strecke –, aber bestimmt war der Postbote schon mit dem Brief dagewesen, den sie vorgestern, als sie noch bei ihr waren, heimlich an sie abgeschickt hatte, und bestimmt hatte Lily Ausschau nach ihm gehalten, um ihm den Brief für ihre Mutter mitzugeben. Und der Brief würde mit dem Nachtzug nach Dublin kommen und morgen vormittag bei ihr eintreffen. Nun, dachte Mrs. Bagot, mit etwas Glück würde sie ihn am Vormittag erhalten; doch wenn er wirklich mit der Morgenpost käme, würde sie ihn Martin aushändigen müssen – er würde sich danach erkundigen, ob es einen Brief von Lily gab, den er mit ins Büro nehmen konnte, um seinen Freunden zu beweisen, was für eine gescheite Tochter er habe. Und dann würde sie ihn nicht mehr zu Gesicht bekommen, darauf konnte sie Gift nehmen. Er würde im Büro liegenbleiben, unter die

Papiere auf seinem Schreibtisch geraten und womöglich im Papierkorb landen, es sei denn, jemand nahm ihn an sich. Sie würde Martin bitten, ihn mitzubringen, und er würde es ihr auch versprechen, aber dann würde er es vergessen, und vielleicht würde sie ihn ein zweites Mal bitten, aber kein drittes Mal – das liefe auf Nörgelei hinaus. Und all das brachte ihr zu Bewußtsein, wie wenig sie irgend jemandem auf der Welt bedeutete – von den Kindern abgesehen. Und von Bennie und den Katzen. Martin störte sich an den Tieren und hatte Mrs. Bagot aufgefordert, sie wegzugeben, aber sie weigerte sich standhaft. In diesem Punkt hatte sie ihm die Stirn geboten. Außerdem bekam er sie kaum zu sehen. Morgens wachte er spät auf, was nur natürlich war, wenn man bedachte, daß er bis spät in die Nacht hinein arbeiten mußte. Sein Frühstück bekam er von ihr auf einem Tablett serviert, dann kleidete er sich an, ging aus dem Haus und kam erst in den frühen Morgenstunden zurück. Er mochte es nicht, wenn sie auf ihn wartete, außerdem konnte sie gar nicht so lange aufbleiben und trotzdem genügend Schlaf finden, um sich angemessen um die Kinder kümmern zu können. Aber wenn sie das Gefühl hätte, daß er es wünschte, würde sie stets auf ihn warten. Die wenigen Male jedoch, wo sie noch aufgewesen war – wenn er beispielsweise schon um elf Uhr nach Hause gekommen war statt erst um eins oder zwei –, diese wenigen Male war er eingetreten, hatte seinen Mantel und seinen Hut in der Diele aufgehängt und war geradewegs nach oben in seine Kammer gegangen, ohne ihr auch nur gute Nacht zu sagen. Manchmal kam es ihr vor, als könne er seine Abneigung gegen sie nicht zügeln, dabei wußte sie nur zu gut, daß er gar keine Abneigung empfand. Eines Nachts, es war noch nicht sehr lange her, war er ins vordere Schlafzimmer gekommen, in dem sie schlief, hatte sie geweckt und sie gebeten, ihm etwas

Milch warmzumachen, und als sie ihm die Milch brachte, hatte er sich bedankt und ihr gesagt, er wisse gar nicht, was er ohne sie anstellen würde. Sie war wieder in ihr Bett gekrochen und hatte in einem Taumel der Dankbarkeit dagelegen – einer Dankbarkeit, die sie nicht begriff, aber auch nicht in Frage stellte. Sie glaubte fest daran, daß alles gut werden würde, ja sie war so überzeugt davon, daß sie sich nicht einmal fragte, was sie damit meinte, an wen oder woran sie dabei dachte. Sie wußte nur, daß ihre Erinnerung zu leuchten begonnen hatte und ihr nur mehr Zeiten in den Sinn kamen, die so glücklich waren, daß ihre Strahlen bis weit in die Zukunft reichen mußten, über Jahre hinweg, die in so großer Ferne lagen, daß sie nicht einmal von ihnen zu träumen vermochte.

Einmal, kurz nachdem Martin und sie geheiratet hatten, kurz nachdem sie nach Dublin gezogen waren, hatte sie für das hintere Schlafzimmer einen Vorhangstoff kaufen wollen. Damals war das Zimmer noch nicht möbliert gewesen, da sie nur zu zweit im Haus wohnten. Martin erzählte ihr, er habe von einem guten Geschäft gehört, er erbot sich, sie zu begleiten, und versprach ihr, sie erinnerte sich noch genau, sie hinzubringen und dafür zu sorgen, daß sie bedient wurde, danach aber müsse er sie allein lassen, da er einen Termin habe. Doch als sie zu dem Geschäft kamen, ließ er sie nicht allein. Vielmehr blieb er da und sah zu, wie der Mann hinter dem Ladentisch ihr sein Sortiment an Cretonne-Stoffen vorführte. Der Mann hinter dem Ladentisch rückte Mrs. Bagot einen Stuhl hin, Martin aber wollte sich nicht setzen. »Ich komme mir vor wie ein Elefant im Porzellanladen«, meinte er, »aber ein Elefant auf einem Stuhl, so was gibt's nur im Zirkus.« Alles lachte, eine Frau, die in der Nähe stand und darauf wartete, daß ihr Paket verschnürt wurde, lachte ebenfalls und lächelte

Mrs. Bagot an, der Mann hinter dem Ladentisch zwinkerte Mrs. Bagot zu und sagte: »Sie haben ja einen witzigen Mann, Mrs. …« Und sie hatte mit so hoher Stimme »Mrs. Bagot« ergänzt, daß Martin in Lachen ausbrach und zu dem Mann hinter dem Ladentisch sagte: »Sie wundert sich immer noch über ihren neuen Namen.« Dann erklärte er: »Wir sind erst vier Monate verheiratet«, und er sagte es mit solchem Stolz, daß selbst sie ihm seinen Stolz ansah und den Blick nicht von ihm abwenden konnte – sie sah ihn an und bedachte ihn mit demselben hingebungsvollen, verzweifelten Blick, mit dem Bennie sie immer anschaute.

Ja, das war ein wunderbarer Tag gewesen. Und er war auch nicht zu Ende, nachdem sie das Geschäft verlassen hatten, denn sie trennten sich nicht. Als sie auf die Straße hinaustraten, war sie sicher, Martin werde gleich davoneilen, und sie hatte sich bereits darauf eingestellt, abzubiegen und allein nach Hause zu gehen, Martin jedoch blickte die belebte, verkehrsreiche Straße auf und ab und sagte: »Ich hätte nicht übel Lust auf eine Tasse Tee. Und du, Delia? Nach all der Anstrengung möchtest du doch bestimmt ein Täßchen Tee, nicht wahr?« Er grinste sie an, dann sagte er in gespielt scherzhaftem Ton: »Ein Täßchen Tee für die Dame des Hauses?« Im Lauf der Jahre hatte sie die Teestube noch zwei-, dreimal aufgesucht, aber immer waren die Tische besetzt gewesen, und so war sie nie wieder hingegangen. Tee und Kuchen hatten ausgezeichnet geschmeckt, und die Serviererin war besonders zuvorkommend gewesen, genau wie der Verkäufer im Geschäft. Und nach dem Tee hatten sie einen Spaziergang gemacht, sie waren umhergeschlendert und hatten sich die Schaufenster angesehen, und als sie ihn an seinen Termin erinnerte, hatte er geantwortet: »Die können warten, die kann ich jederzeit sehen. Aber wann werde ich noch mal Gelegenheit haben, mich so mit dir zu zeigen?« Seltsam, als sie zu Beginn dieses längst vergangenen Tages morgens aus dem Bett stieg, hatte sie nicht die leiseste Ahnung gehabt, daß dies der Beginn eines Tages war, der sich ihrer Erinnerung unauslöschlich einprägen und dort ungetrübt und unbeeinträchtigt für immer auf sie warten würde, ein Ort, an dem sie ausruhen und Mut schöpfen konnte.

Da sie und die Kinder früh aufstanden und ihn mit ihrem Herumgerenne störten, schlief Martin nicht mehr im großen vorderen Schlafzimmer, sondern in der kleinen Kammer neben dem Badezimmer, das vom Treppenabsatz auf halber Höhe abging. In letzter Zeit hatte sie gehofft, er würde etwas zu ihr sagen, das ihnen Anlaß zur Aussprache bot, aber er hatte nichts gesagt. Sie wußte, daß es zwischen ihnen nicht zum besten stand, doch solange die Kinder im Haus waren, wollte sie aus Angst vor einem Streit, der die Kinder ängstigen konnte, nichts sagen, und nun, da die Kinder fort waren, schreckte sie ebenfalls davor zurück, aus Angst, ein Schweigen zu durchbrechen, das, wenn es erst einmal durchbrochen war, alle möglichen Dinge zutage fördern mochte, die sie nicht wahrhaben wollte und die, da war sie sich sicher, auch er nicht wahrhaben wollte. Aber vielleicht hatte er sie ja schon wahrgenommen und schwieg nur aus Nachsicht oder aus Verzweiflung oder aus der Hoffnung heraus, sie würden von selbst verschwinden, wenn ihnen niemand Beachtung schenkte.

Aber nun stand sie hier und tat sich selbst keinen Gefallen – sie würde alles nur noch schlimmer machen, wenn sie zuließ, daß ihr vor Hunger ganz flau wurde, nur weil sie sich nach einem *echten* Grund sehnte, sich leid zu tun. Sie würde sich eine Scheibe Toastbrot rösten und dazu Tee trinken. Doch zuallererst würde sie die Falttür zum vorderen Wohnzimmer aufschieben, damit das Kaminfeuer etwas von seiner Wärme verbreiten konnte. Das Zimmer, in dem sie stand, war weniger ein Speise- als ein hinteres Wohnzimmer, weil sie und die Kinder sich meist dort oder in der Küche aufhielten. Die Ausziehplatten des großen Eßtischs waren herabgelassen, und er stand dicht an der Wand, auf ihm die Schale mit den Rosen, die sie heute morgen geschnitten hatte. Der Fußboden war mit Linoleum ausgelegt, aber der Teppich, auf dem Bennie geschlafen hatte, bevor er zum Kamin hinübergelaufen war, um sich in der Wärme des Feuers niederzulegen, reichte so genau bis zur Falttür, als sei er eigens für dieses Zimmer angefertigt worden. Durch ihn wirkte das Zimmer hübsch und gediegen. Behutsam schob sie die Tür zurück. Das Vorderzimmer lag im Halbdunkel. In diesem Zimmer waren die Vorhänge vor den Fenstern – hohen Fenstern, die einen Erker bildeten – noch zugezogen, und in dem prasselnden Regen wirkten die grauen Häuser gegenüber düster. Auf ihre Nachbarn dort drüben wirkte ihr eigenes Haus sicherlich genauso düster. Sie sah, daß bei einigen von ihnen Licht brannte, obwohl es erst fünf Uhr war. An der Wand gegenüber dem Kamin stand ein Klavier. Heute morgen hatte sie pinkfarbene Rosen ins Zimmer gestellt, eine Schale auf das Klavier und eine kleine Vase auf den Kaminsims. Das bißchen Licht im Raum kam von den Rosen und von dem glänzenden Holz des Klaviers, fand sie. In diesem Zimmer war auch der Duft der Rosen intensiver als im Hinterzimmer, wo sie nun schon so lange gestanden hatte. Müßig herumgestanden hatte, dachte sie. Doch statt sich Vorwürfe zu machen, trat sie zu den Fenstern und blickte hinaus auf die schmale Straße mit den beiden einander gegenüberliegenden Zeilen identischer Häuser. Sie beobachtete gern die Passanten, und zuweilen kam sie unter dem Vorwand, ihre Farnsammlung zu gießen, hier herein, damit sie verfolgen konnte, was draußen vor sich ging, ohne neugierig zu erscheinen.

Die Farne, alle groß und federartig und alle in demselben Grünton – helles Moosgrün, Grasgrün –, waren auf einem Tisch angeordnet, der im Erker stand. Zwischen den beiden mittleren Blumentöpfen mußte sie genügend Platz für Minnie, die kleine schwarze Katze, lassen, die dort gern ihr Schläfchen hielt. Minnies Lieblingsplatz war genau in der Mitte des Tisches, und wenn man zwischen den Farnen kein geeignetes Fleckchen für sie frei ließ, schuf sie sich eins, indem sie sich dazwischenzwängte, bis die Töpfe gefährlich klapperten. Auch jetzt lag Minnie wieder im Halbschlaf da, und Mrs. Bagot streichelte sie und beobachtete die Straße. Auf der Straße konnten die Kinder ungefährdet spielen. Es war eine Sackgasse, und es gab keine Garagen, außerdem hatten die wenigsten Anwohner ein Auto. Frühmorgens kam der Milchmann und um elf der Bäcker, ansonsten brauchte Mrs. Bagot kaum je die Haustür zu öffnen, außer um halb vier, wenn die Kinder aus der Schule kamen. Jeden Tag zur Mittagszeit ging sie zur Schule, um den Kindern ihr warmes Mittagessen zu bringen.

Die Schule lag nicht weit entfernt – ein kurzer Gang die Hauptstraße entlang, dann ein längerer Gang eine Seitenstraße hinunter, die breiter und belebter war als diese hier. Dort waren die Häuser sehr viel stattlicher, nur zum Ende hin wurden sie plötzlich sehr klein und drängten sich eng zusammen. Gegenüber diesen kleinen Häusern lag die Schule, hinter einer hohen Zementmauer mit einem schmalen eisernen Tor in der Mitte. Das Tor führte auf einen zementierten Hof, wo die Kinder in der Mittagspause spielten, und das hohe graue Schulgebäude mit seinen wenigen großen, rechteckigen Anstaltsfenstern paßte so genau zu dem Hof, als habe ein Kind es gezeichnet und ausgemalt. Der Schulhof war ganz von hohen Zementmauern eingefaßt, und vom

Tor aus gesehen rechts stand eine niedrige lange Holzbank, auf der mitunter die kleinsten Kinder aufgereiht saßen und Unterricht erhielten. In der Schule gab es Kinder, die kaum älter waren als drei, und einige von ihnen, vermutete Mrs. Bagot, waren erst zwei. Aber sie konnten bereits laufen – mehr verlangte die Schule nicht –, und obwohl Mrs. Bagot es niemandem eingestanden hätte, nahm sie die Mühe, Lily und Margaret jeden Tag das Mittagessen zu bringen, unter anderem auch deswegen auf sich, um den kleinen Jungen und Mädchen zuzusehen, die eben erst laufen gelernt hatten. Die Kleinen durften vor den anderen zum Spielen auf den Hof, und wenn Mrs. Bagot zum Tor kam, rannten sie meist schon umher, flatterten wie Falter von einer Seite des Hofes zur anderen, schlugen mit den Händen durch die Luft und schauten zu ihrer Lehrerin auf, als trauten sie ihr zu, das Licht, in dem sie spielten, selbst hervorgebracht zu haben. Es war niemand da, der Mrs. Bagot das Recht abgesprochen hätte, herumzustehen und den Kindern zuzusehen. Sollte jemand sie zur Rede stellen, würde sie einfach sagen, sie müsse Lily und Margaret das Mittagessen bringen. Nun brauchte sie ihnen für eine Weile kein Mittagessen zu bringen. Es waren noch mehr als fünf Wochen Zeit, bis sie wieder zur Schule mußten.

Mrs. Bagot wandte sich von der Straße, von Minnie und den Farnen ab und sah zu ihrer Überraschung, wie sehr das große, unverhüllte Fenster im Hinterzimmer einem Spiegel glich, freilich einem Spiegel, durch den man hindurchsehen konnte, einem Spiegel, der nach beiden Seiten durchsichtig war und den Blick nach beiden Seiten freigab. Wie ein Gemälde. Draußen im Garten sah sie die feuchte, dem Tageslicht widerstrebende Luft, und der Regen strömte so stark und senkrecht herab, daß sie sich einbildete, jeden einzelnen Faden sehen zu können. Durch den Regen hindurch sah sie wie in einem Traum die unbestimmten Farbtöne des Gartens, und dann, als sie den Blick auf die Glasscheibe konzentrierte, sah sie sich selbst, rechts von sich die zurückgeschobene Falttür, hinter sich die schwankenden grünen Wedel der Farne und hinter den Farnen die gestärkten weißen Stores, die einen gespenstischen Abschluß bildeten. Sie wußte, was sie sah, war wunderschön, zugleich aber wußte sie, daß sie das Fenster, den Garten, die Farne und das alles nicht länger sehen wollte. Sie war müde. Sie eilte aus dem Zimmer, zur Küche hinunter, wo sie den Kessel füllte und auf die Herdplatte stellte, um sich ihren Tee zu machen. Während das Wasser heiß wurde, würde sie sich Gesicht und Hände waschen und ihre Haare in Ordnung bringen. Das kalte Wasser im Gesicht würde sie wach machen – sie hatte das Gefühl, stundenlang geschlafen zu haben, und zwar nicht sehr glücklich. Sie eilte nach oben. Die schmale Treppe, die von der Diele hinaufführte, war mit einem weinroten Läufer ausgelegt, der auf jeder Stufe mit dünnen Messingstangen befestigt war, die sie jeden Montag herauszog und polierte. Im Dämmerlicht des heutigen Abends glänzten die Stangen heller als an jedem Sonnentag, und das hölzerne Geländer leuchtete mit derselben warmen und widerscheinenden Intensität. Es war, als mobilisiere das ersterbende Licht Kraftquellen, die in der selbstgenügsamen Helle des Tages unbemerkt blieben. Das Haus war voll geheimen Lichts, das sie, wenn die Kinder bei ihr waren, nie bemerkt hatte.

Nachdem sie sich die Hände gewaschen hatte, eilte sie die fünf obersten Stufen hinauf zum Flur, von dem zwei Türen abgingen, eine führte ins vordere Schlafzimmer, die andere in das kleinere Hinterzimmer, in dem die Kinder schliefen. Beide Türen waren geschlossen. Statt jedoch in ihr eigenes Zimmer zu gehen, wo Bürste und Kamm auf sie warteten, trat sie ins Kinderzimmer, durchquerte es und schaute in den kleinen gerahmten Spiegel, der auf der Kinderkommode stand. Mit den Händen begann sie sich die Haare glattzustreichen, doch ihr Spiegelbild wirkte so blaß und verloren, daß sie sich ängstigte, und um sich zu beruhigen, schaltete sie das Licht ein. Wieder beugte sie sich zum Spiegel vor und stopfte sorgfältig eine lose Strähne in den straffen Knoten am Hinterkopf, doch wie sie sich so bewegte, bewegte sich etwas mit ihr, etwas viel Größeres und noch Stummeres als sie selbst. An der Wand neben dem Spiegel stand ihr Schatten und folgte ihr, und jetzt beugte er sich mit ihr, beugte sich zu ihr, und sie starrte ihn an. Das Licht in ihrem Schlafzimmer hatte ihr noch nie einen Schatten verliehen, der ihr aufgefallen wäre. Sie hielt inne, und auch ihr Schatten hielt inne und wartete auf sie, so wie sie auf ihn. Sie blickte genauer hin, und in diesem Moment, als er den Kopf senkte, wußte sie, was sie vor sich sah. Das da an der Wand war der Schatten ihrer Mutter. Es bestand kein Zweifel; es war ihre Mutter.

Mrs. Bagot verstand nicht. Sie und ihre Mutter hatten sich doch gar nicht geähnelt. Aber da war er, der Schatten ihrer Mutter, wie sie ihn oft gesehen hatte – die dünne Linie ihrer Wange, die Einbuchtung am Auge, die hochgewölbte Stirn und vor allem die kurzen Haarsträhnen, die sich ihrer Bürste widersetzten und ihr widerspenstig über Schläfen und Nacken hingen. Diese kurzen Haarsträhnen waren nicht länger als eine Stecknadel, und es gab nur wenige davon. Dort an dem Schatten glaubte Mrs. Bagot jede einzelne von ihnen wiederzuerkennen. Sie war der festen Überzeugung, die Haare wieder anfassen zu können, wenn sie nur ihre Hand ausstreckte. Sie knipste das Licht aus, dann knipste sie es sofort wieder an. Da war er wieder, der scharf umrissene, geneigte Kopf mit den vereinzelten Strähnen, die an der Wand ein schwaches Muster bildeten, ein schwaches Muster, das in diesem Augenblick wirklicher war als das Muster der Tapete, so wie der gestrichelte Regen auf einem chinesischen Aquarell wirklicher ist als die markante, bleibende Landschaft, die dahinterliegt. Es ist meine Mutter, dachte Mrs. Bagot. Da ist sie. Wie geduldig sie ist!

Sie seufzte auf und lächelte sich zu, ohne sich anzublicken; dann schaltete sie das Licht aus und ging hinunter in die Küche, wo längst das Wasser im Kessel brodelte.

Der Tee war bald gebrüht, der Toast geröstet. Sie holte Martins Frühstückstablett herunter und deckte es für sich selbst. Sogar ein sauberes weißes Tuch breitete sie darauf, doch als alles angerichtet war, rückte sie, statt das Tablett zum Kamin hinaufzutragen, einen Stuhl an den Küchentisch, setzte sich hin und schenkte sich eine Tasse Tee ein. Sie war zu hungrig, zu durstig. Kein weiterer Aufschub war möglich; sie mußte auf der Stelle etwas zu sich nehmen. Sie dachte an den Schatten, der all die Jahre über dort oben im Kinderzimmer auf sie gewartet hatte und ihr bis zum heutigen Abend verborgen geblieben war. Sie hatte ihn in keinem anderen Zimmer des Hauses erblickt und glaubte auch nicht, daß er in irgendeinem anderen Zimmer des Hauses zu sehen war.

Sie schaute sich um, aber in der Küche zeigte sich der Schatten nicht. Bennie saß auf dem gekachelten Boden zu ihren Füßen, sie brach ein Stück Toastbrot ab und reichte es ihm. Neben der Tür, die in den Garten führte, waren plötzlich Rupert und Minnie aufgetaucht und hockten erwartungsvoll vor ihrer Milchschale. Sie stand auf und goß den Katzen Milch in die Schale, dann ging sie wieder zum Tisch und schenkte sich eine weitere Tasse Tee ein. Sie beschloß, noch mehr Toast zu rösten und etwas von dem Hühnchen zu essen, das noch von der Mahlzeit übrig war, die sie gestern für die Kinder gekocht hatte. Sie fühlte sich anders – nicht länger traurig, nicht länger müde. Mit einem Mal war sie wieder hoffnungsvoll. Es war wunderbar, wie der Anblick des Schattens ihre Laune gehoben hatte. Es war wunderbar zu wissen, daß dort oben ein Schatten hauste und sie nie verlassen würde. Fast so, als hätte man jemanden im Haus.

Heiligabend

Der Kamin im Kinderzimmer mußte ausgefegt und abgestaubt werden, damit Father Christmas, wenn er durch den Kamin gerutscht kam, seine Füße aufsetzen konnte. Lily und Margaret sahen ihrer dicht vor dem Feuerrost knienden Mutter dabei zu, wie sie die letzten paar Ascheflocken aus den Ecken kehrte. Lily war acht, Margaret sechs. Die zerknitterten langen weißen Nachthemden, die sie trugen, reichten ihnen bis zu den Knöcheln. Obwohl das Zimmer kalt war, hatten sie keinen Morgenmantel übergezogen – sie würden gleich zu Bett gehen. Das hintere Schlafzimmer, mit seiner verblichenen Tapete mit den blau-rosa-grünen Blumengebinden, war quadratisch geschnitten und wurde von einer einzigen Glühbirne erhellt, die von der Mitte der Decke herabhing. Ein großes Fenster ging auf den Garten und die Nachbargärten hinaus. Mrs. Bagot zog das Rollo bis zum Fensterbrett herunter. Sie wollte, daß die Kinder den Blicken entzogen, vor allem aber, daß sie in Sicherheit wären. Eigentlich wußte sie nicht, was sie mit »in Sicherheit« meinte – angesehen vielleicht oder erfolgreich auf eine Weise, von der sie keine rechte Vorstellung hatte. Sie wollte, daß ihnen die ganze Welt offenstünde, oder doch zumindest, daß sie in einem repräsentativen Haus wohnten wie Anwälte, Ärzte und dergleichen. Sie wollte, daß sie weiter an Father Christmas glaubten, ja mehr noch, sie wollte, daß sie selbst weiter an Father Christmas glaubte. Sie hätte gern daran geglaubt, daß es außerhalb des Hauses jemanden gab, der groß und freundlich war und über die Kinder Bescheid wußte, jemand, der ihren Namen und ihr Alter kannte und der wußte, daß Lily, die immerzu las, in die Welt hinausgehen und etwas aus sich machen würde, während Margaret ganz wehrlos und unsicher war. Lily war womöglich etwas zu selbstsicher, gleichzeitig aber sehr gewinnend, sehr nett zu den Leuten, die vielleicht nicht begriffen, daß diese Nettigkeit ihrem Wesen entsprang und sie durchaus nicht der Dummkopf war, der sie zu sein schien. Father Christmas wußte, daß Lily klug war und in der Schule immer gute Noten hatte. Ganz gleich, von wem die Geschenke stammten, Father Christmas kam durch den Kamin gerutscht, davon war Mrs. Bagot überzeugt. Vermutlich schwebte er jetzt gerade über Dublin und sah, wie sehr sich die Stadt seit vorigem Jahr verändert hatte. Die Kinder waren alle älter geworden, das war die große Veränderung. Das war immer die große Veränderung, eine, die sich tagtäglich vollzog, nicht nur einmal im Jahr. Sie legte den Handfeger auf das Papier im Kohleneimer und stand auf.

»Jetzt kann Father Christmas seine Füße aufsetzen«, meinte Lily.

»Er trägt große rote Stiefel«, flüsterte Margaret.

»Jetzt aber ab in die Heia«, sagte Mrs. Bagot. »Marsch ins Bett mit euch beiden. Margaret schläft mir ja fast ein.« Sie hatte sie lange über ihre gewohnte Schlafenszeit hinaus aufbleiben lassen, und Margaret war schon ganz erschöpft. Lily war wie immer hellwach; wenn es so weiterging, würde sie die ganze Nacht wach bleiben. Aber schließlich war Heiligabend, und Martin war früher von der Arbeit nach Hause gekommen. Jetzt hielt er sich unten auf, las die Zeitung und wartete darauf, heraufkommen zu können, um den Kindern gute Nacht zu sagen. Da Martin zu Hause war, hatte sie die beiden Katzen und Bennie, den Hund, in die Küche gesperrt. Er haßte es, die Tiere um sich zu haben, das schienen sie zu ahnen – sobald sie ihnen befohlen hatte, in der Küche zu bleiben, hatten sie es sich um den Herd bequem gemacht. Alle drei waren Streuner gewesen, die irgendwann einmal den Weg ins Haus gefunden, ihre Wachsamkeit indes nie abgelegt hatten. Sie wußten, bei wem sie gelitten waren. Bennie, der weiße Rauhhaarterrier, war Mrs. Bagots Liebling. Vor Jahren hatte Mrs. Bagot ihn aus den Händen einer Bande kleiner Jungen befreit, die ihn quälten. Seither hatte er sie nur selten aus den Augen gelassen. Nachts schlief er auf ihrem Bett. Martin Bagot wußte nichts davon. Er hatte seine eigene Kammer hinten im Haus. Gewöhnlich kam er sehr spät von der Arbeit nach Hause, wenn Mrs. Bagot und die Kinder, Bennie und die Katzen längst schliefen. Er mochte es nicht, wenn Mrs. Bagot auf ihn wartete, denn morgens mußte sie früh aufstehen, um die Kinder für die Schule fertigzumachen. Er glaubte, daß die Tiere in dem kleinen Holzschuppen hinter dem Haus schliefen.

Minnie, die magere schwarze Katze, gehörte Lily, Rupert gehörte Margaret. Rupert, der fette orangefarbene Kater, war so gutmütig, daß er fortwährend schnurrte, sogar als er sich einmal den Schwanz in der Küchentür eingeklemmt hatte. Martin kannte die Tiere bei ihren Namen, und manchmal fragte er die Kinder: »Wie geht's Minnie?« oder »Wie geht's Rupert?«, aber im Haus haben wollte er sie nicht. Im Grunde argwöhnte er, daß die Tiere Krankheitserreger einschleppten und die Kinder anstecken würden.

Martin saß unten im vorderen Wohnzimmer und starrte in die Flammen auf dem Feuerrost. Die Abendzeitung hatte er beiseite gelegt. Es stand nichts Interessantes drin. Er fand es angenehm, zur selben Zeit nach Hause gekommen zu sein wie andere Männer auch. Wenigstens einmal. Normalerweise wollte er nicht wie die anderen jeden Abend pünktlich nach Hause kommen müssen, in einen turbulenten Haushalt, wo die Kinder ihre Schularbeiten an demselben Tisch zu erledigen versuchten, den die Mutter zum Abendessen decken wollte. Aber natürlich war er anders als andere Männer. Nicht im mindesten häuslich veranlagt. Niemand durfte ihn Haustier nennen. Wie viele andere Männer hatten schon ein eigenes Zimmer mit eigenen Büchern und einer eigenen Routine – einer unabänderlichen, selbstbestimmten Routine, die vollkommen gerechtfertigt war, da sie auf seiner Arbeit beruhte und seine Arbeit wiederum auf ihr. Delia hatte ihr Haus und die Kinder, er führte sein eigenes Leben, und trotzdem gehörten sie alle zusammen. Sie waren eine vereinte Familie. Das konnte niemand bestreiten. Delia war eine sehr gute Mutter. In dieser Hinsicht brauchte er sich keine Sorgen zu machen. Mag sein, daß gewöhnliche Männer Herr im Haus sein wollten und sich als Gebieter aufspielten – aber doch nicht Martin! Ein bißchen mehr Geld wäre ihm gelegen gekommen, aber man konnte schließlich nicht alles haben.

Das Wohnzimmer war weihnachtlich geschmückt. Er und die Kinder hatten den ganzen Nachmittag damit zugebracht, während Delia immer wieder aus der Küche herbeigerannt war, um zu sehen, wie weit sie wären. Alle hatten großen Spaß gehabt. Selbst Margaret war aus sich herausgegangen und hatte Vorschläge gemacht. An der Decke hingen rote und grüne Papiergirlanden, und Martin hatte hinter jedes Bild einen Stechpalmenzweig gesteckt. Über der Tür, die in die Diele führte, hing der Mistelzweig. Einmal war Delia heraufgeeilt, um ihnen zu sagen, sie sollten einen Stechpalmenzweig für den Plumpudding aufsparen, und unter dem Mistelzweig hatte er sie abgefangen und ihr einen Kuß gegeben. Ihre Haut war ganz weich gewesen. Als sie die Hand gegen seine Brust stemmte und so tat, als wolle sie ihn wegstoßen, sah sie aus wie früher. Dann kamen die Kinder herbeigestürmt und wollten ebenfalls geküßt werden. Erst küßte er sie, dann küßte Delia sie. Einen Augenblick lang standen sie alle eng aneinandergedrängt, die Kinder kreischten: »Papa, küß Mama noch mal! Papa, küß Mama noch mal!«, und Delia sagte: »Ach, ich muß wieder in die Küche. Bei dem Herumgealbere bleibt ja meine ganze Arbeit liegen.« Lily sagte: »Frauenarbeit ist behende, nimmt aber nie ein Ende.« Lily ließ immer solche Sprüche vom Stapel. Man wußte nie, was sie als nächstes von sich gab. Margaret sagte: »Ich möchte das Jesuskind küssen«, und sie ging hinüber zum Fenster, wo die Krippe aufgebaut war. Auf ihr Dach und drumherum war künstlicher Schnee gestreut.

Das Fenster war ziemlich groß, ein Erkerfenster, das zur Straße hin vorsprang. Delia hatte es mit ihrer auf einem Tisch arrangierten Farnsammlung vollgestellt. Meist waren es Frauenhaarfarne, einige davon sehr hochgewachsen. Manchmal fühlte Martin sich von den Farnen beinahe erdrückt und fand, daß das Zimmer zu düster wirkte; heute abend aber gaben die Pflanzen einen schönen Hintergrund für die Krippe ab, als seien der Stall, die Heilige Familie, die Hirten und ihre Tiere umgeben und geschützt von einem freundlichen Wald, in dem sie stets geborgen wären und wo es schneien konnte, ohne daß ihnen kalt würde. Vor dem Stall standen die Heiligen Drei Könige, als seien sie eben erst angekommen. Ihre Schultern hatte Lily sorgsam mit Schnee bestreut. Etwas von dem Schnee war auf den Teppich gerieselt, wo er im Schein des Kaminfeuers glitzerte.

Heute hatte Martin den Kindern auf dem Heimweg zwei kleine goldene Farbstifte gekauft. Jeder Stift lag in einem Etui, und das Mädchen im Laden hatte die Etuis in weißes Seidenpapier eingeschlagen und mit einem roten Band verschnürt. Jetzt befanden sie sich in seiner Manteltasche draußen in der Diele, nebst einem besonderen Geschenk für Delia, das er in demselben Geschäft besorgt hatte, und er wollte sie holen und auf den Küchentisch legen, damit sie nicht vergessen würden. Er wußte, daß Delia die anderen Geschenke für die Kinder in der Küche versteckt hatte. Er sollte die Farbstifte lieber jetzt gleich holen, solange er daran dachte. So ging er hinaus in die Diele und schloß rasch die Tür hinter sich, damit die Hitze nicht aus dem Wohnzimmer entwich, und als er in seiner Manteltasche nach den Stiften kramte, hörte er Delia oben im Schlafzimmer mit den Kindern reden. Ihre Stimme klang gedämpft, aber sehr ruhig und entschieden, als wolle sie ihnen etwas erklären oder gar irgendeine Regel festsetzen. Nun hatte er die Stifte gefunden und stand ganz reglos da. Er konnte nicht verstehen, was sie sagte, nur ihre Stimme vernehmen, und ein-, zweimal glaubte er zu hören, wie die Kinder ihr etwas zutuschelten. Es war sehr friedvoll, hier in der Diele zu stehen, sehr friedvoll und behaglich, obwohl es nach der Wärme des Wohnzimmers in der Diele etwas kalt war. Aber er fühlte sich sehr behaglich, sehr zufrieden. Plötzlich hatte er das Gefühl, seinen Frieden mit der Welt und mit der Zukunft machen zu können. Es war, als sei ihm das Gewicht der Welt von den Schultern genommen, dabei hatte er gar nicht gewußt, daß das Gewicht der Welt auf seinen Schultern gelastet oder daß er sich Sorgen gemacht hatte. In ein paar Jahren würde er etwas mehr Geld verdienen, dann würde es leichter werden. Er wollte gar nicht wissen, was Delia sagte, auch nicht hinaufgehen und sich an der Unterhaltung beteiligen. Sie sollten unter sich bleiben. Er würde sie nur kränken, wenn er jetzt hinaufginge – nein, er würde warten, bis sie ihn rief. In der Diele war es dunkel, bis auf das schwache Licht der Straßenlaterne, das durch die Glasscheiben der Haustür fiel. Er horchte auf Delias Stimme, so ruhig und gebieterisch, und hatte das Gefühl, ihnen nachzuspionieren. Na und, selbst wenn. Schließlich hatte er nicht oft Gelegenheit, sie so zu belauschen, sich gewissermaßen im Dämmerlicht an sie heranzupirschen. Wie groß dieses kleine Haus war, daß es sie alle, jeden einzelnen, aufnehmen konnte! Was sie anging, hätte er ebensogut auch tausend Meilen entfernt sein können. Sie glaubten, er sitze im Wohnzimmer und lese die Abendzeitung, dabei befand er sich tausend Meilen über ihnen, beobachtete sie und wachte über sie. Was sollte aus ihnen werden, wenn es ihn nicht gäbe? Ah, aber sie fesselten ihn an die Erde. Er mußte lachen, als er an all die verpaßten Gelegenheiten dachte. Er hätte reisen können. Jetzt hatte er kaum noch die Chance, die Hauptstädte der Welt zu sehen. Er war sich nie sicher, ob Delia und die Kinder sein Anker oder seine Bürde waren, und in diesem Augenblick war es ihm einerlei. Selten hatte er sich so mit sich eins gefühlt wie jetzt. Es wäre schön, mit diesem Glücksgefühl einzuschlafen und am Morgen mit der Empfindung aufzuwachen, daß die Welt angenehm war. Oft hatte er gedacht, daß das Haus ihn einengte und bedrückte, heute abend aber wußte er, daß er die Arme, ohne irgendwelchen Schaden anzurichten, durch die Dielendecke und durchs Hausdach strecken konnte, und niemand würde ihn deswegen tadeln. Es gab viel Platz. Er war so frei wie jeder andere Mann, oder zumindest so frei, wie heutzutage überhaupt jemand frei sein konnte. Jetzt würde er mit den Farbstiften in die Küche eilen. Delia würde ihn jeden Augenblick hinaufrufen. Aber da ging oben im Flur das Licht an, und auf dem Treppenabsatz erschien Delia und sah ihn.

»Oh, Martin, eben wollte ich dich holen«, sagte sie.

»Ich wollte gerade hochkommen«, sagte er und jagte, zwei Stufen auf einmal nehmend, die Treppe hinauf.

Je näher ihre Schlafenszeit rückte, desto aufgeregter wurden die Kinder, obwohl sie sich sehr ruhig verhielten. Delia befürchtete schon, sie würden gar nicht mehr einschlafen und, falls doch, wieder aufwachen und sehen, wie Martin und sie sich mit ihren Geschenken in ihr Zimmer stahlen. Sie stand an ihrem Bett und versuchte, sie zu beruhigen, aber je schläfriger sie wurden, desto nervöser wurde sie selbst. Sie war regelrecht verängstigt und konnte es nicht begreifen, da sie sich so sehr auf Weihnachten gefreut hatte. Sie wußte nicht, was mit ihr los war. Heute abend war sie so angsterfüllt, wie sie es vor langer Zeit in ihrem Elternhaus gewesen war, wenn sie im Bett lag und auf den Wind lauschte, der ums Haus blies. Die Angst in diesem Haus war dieselbe, genau dieselbe, nur daß das Haus zu beiden Seiten an andere Häuser grenzte, der Wind es also gar nicht umblasen, sondern höchstens darüber hinwegwehen konnte. Aber die Angst war dieselbe. Sie haßte den Wind. Tagsüber gab es genug zu tun, um sich abzulenken, nachts aber, wenn sie allein im Dunkeln lag, versetzte sie sich zurück in ihre Kindheit, und statt sich in Träumen, in Tagträumen zu verlieren, verlor sie sich in Mutmaßungen und verworrenen Gedanken. Statt die Vergangenheit nach eigenem Gutdünken umzugestalten und die Dinge so geschehen zu lassen, wie sie geschehen sollten, wehte der heulende Wind sie gegen harte Hindernisse, denen sie nur ausweichen konnte, wenn das Wetter beständig war. Wörter wie »warum«, »wann« und »wie« empörten sich gegen die Träume, die ihr innere Ruhe verschafften, und warfen sie auf sich selbst zurück, so daß sie, statt die Dinge neu ordnen zu können, ihnen ins Auge sehen mußte. Die Vergangenheit führte zur Gegenwart – das war das Problem. Zwischen der Person, die sie früher war, und der Person, die sie jetzt war, konnte sie keine Verbindung herstellen, konnte nicht nachvollziehen, weshalb sie einsam und ängstlich war, wo sie doch einen Mann und zwei Kinder im Haus hatte. Sie stand da und erzählte den Kindern, was für einen schönen Tag sie alle morgen haben würden, merkte jedoch, daß sie in Trübsinn versank. Und sie hatte keine Ausrede. Sie brauchte sich um nichts Sorgen zu machen, jedenfalls nicht heute abend. Es ging nicht der leiseste Wind, obwohl es zuvor geregnet hatte und vermutlich noch vor dem Morgen erneut regnen würde. Im Augenblick brauchte sie sich wirklich um nichts Sorgen zu machen, außer natürlich darum, wie sie Bennie aus der Küche in ihr Schlafzimmer bugsieren konnte, ohne daß Martin es merkte. Wie fürchterlich, wie entsetzlich, wenn Martin herausfände, daß Bennie jede Nacht in ihrem Bett schlief, aber bei der Kälte konnte sie ihn doch nicht in den Schuppen sperren. Die Katzen schliefen immer auf dem Bett der Kinder, aber eine Nacht würden sie es auch im Schuppen aushalten. Dort hatte sie einen Korb für sie, in dem sie sich gemeinsam zusammenrollen konnten. Aber doch nicht Bennie – sie würde ihn zu sehr vermissen. Sie wünschte, sie könnte mit Martin reden und ihm erklären, wie wichtig ihr Bennie war, aber sie wußte, es hatte keinen Sinn, darauf zu hoffen. Es war Zeit, hinunterzugehen und ihn heraufzurufen, damit er Lily und Margaret gute Nacht sagen konnte, doch in dem Moment, als sie auf den Flur hinaustrat, sah sie ihn unten in der Diele stehen.

Die Diele war recht schmal und mit Linoleum ausgelegt. Sie erfüllte ihren Zweck sehr gut, sowohl als Eingang zum Haus wie auch als Standort, von dem aus man das ganze Haus ins Auge fassen und erkennen konnte, was es eigentlich war – ein kleines, schlichtes Einfamilienhaus, das jetzt, im Winter, ziemlich unterteilt aussah, weil die Türen, um das bißchen Wärme in den Zimmern zu halten, alle geschlossen waren. In der Diele stand eine

Garderobe mit Mantelhaken, es gab einen Schirmständer und einen Stuhl, auf dem nie jemand saß. Nie saß jemand auf dem Stuhl, und nie hielt sich jemand lange in der Diele auf. Sie war ein Durchgang – nicht zu Ruhm und Reichtum, sondern zu den gewöhnlichen Verrichtungen des Familienlebens, jenen Verrichtungen, Gewohnheiten und alltäglichen Ritualen, die die einzig wahre Wirklichkeit sind, die die meisten von uns je kennenlernen, und die in einigen von uns so starke Erinnerungen erzeugen, daß wir uns bis ans Ende unserer Tage daran klammern können. Es ist eine Frage der Liebe; und ob die Liebe ihren täglichen, stündlichen Ausdruck in herzlichen Umarmungen und in der instinktiven Fürsorge findet, mit der Tiere ihre Jungen umhegen, oder ob sie, wie bei den Bagots, weitgehend unausgedrückt bleibt, ist auf lange Sicht unerheblich. Was diesen Erinnerungen Leben und Kraft verleiht, ist das schiere Vorhandensein der Liebe, und wenn den Kindheitserinnerungen in einigen Fällen die weichen, zarten Farbtöne fehlen, die offene Gefühlsbezeigungen verleihen, weiß das alt gewordene und im Ungewissen belassene Kind doch eins: daß sich unter seiner Hand ein fester Fels verbirgt, der unverrückbar ist.

Oben im hinteren Schlafzimmer lag Lily Bagot neben ihrer Schwester im großen Bett, und falls die beiden träumten, wußte jedenfalls niemand davon, denn am Morgen erinnerten sie sich nicht mehr an ihre Träume. Am Morgen des ersten Weihnachtstages wachten sie in aller Frühe auf, viel früher als sonst, als hätten die Päckchen, die sich neben ihrem Bett türmten, einen Zauberhauch ausgesandt, der sie aus dem Schlaf riß, während die Welt noch im Dunkeln lag. Zuerst bewegten sie sich ganz langsam, streckten die Hände an den Seiten und am Fußende des Bettes aus, um zu fühlen, was da lag, was da für sie hinterlassen worden war. Sie befingerten jedes einzelne Päckchen, ertasteten seine Umrisse und versuchten, von der Form auf den Inhalt zu schließen. Aber dann konnten sie nicht länger an sich halten, Lily sprang aus dem Bett und schaltete das Licht ein, damit sie sehen konnten, was ihnen beschert worden war.

Das Sofa

Heute, Dienstag, sollte das neue Sofa geliefert werden, aber »irgendwann im Lauf des Tages« – die Leute im Geschäft hatten ihr keine bestimmte Uhrzeit genannt. Als man ihr sagte, sie werde das Sofa auf jeden Fall am Dienstag erhalten, hatte Mrs. Bagot sich so gefreut, daß sie vergessen hatte nachzufragen, ob sie am Vormittag oder am Nachmittag damit rechnen könne. Sie hätte den Verkäufer darum bitten sollen, eine feste Zeit anzugeben oder ihr zumindest mitzuteilen, ob das Sofa schon während der ersten Tageshälfte oder erst später eintreffen werde. So aber hatte sie den ganzen Vormittag mit Warten zugebracht, und mittlerweile war es schon zwei Uhr nachmittags. Den größten Teil des Tages hatte sie damit vergeudet, im Haus umherzuwandern und nichts Besonderes zu tun, und doch konnte man es wohl kaum Vergeudung nennen, da sie ja gewartet hatte, und zwar auf etwas Lohnenswertes. Endlich würde das Erdgeschoß vollständig möbliert sein. Das Sofa würde den Raum grundlegend verändern.

Sie saß in einem niedrigen Sessel am Kamin im hinteren Wohnzimmer, wo sie und die Kinder die meiste Zeit verbrachten. Das Kaminfeuer war vorbereitet – Zeitungspapier, Brennholz, Kohlenstücke, alles säuberlich, wenn auch uneben aufeinandergeschichtet, bereit, aufzulodern und Funken zu sprühen, sobald sie ein Zündholz daran hielt. Die schmale Kaminplatte aus blaßgrünen Kacheln war abgewischt und leuchtete rein und matt. Der dünne Kaminvorleger mit den Fransen zeigte ein dunkles orientalisches Muster roter und grüner Linien, Kreise, Schnörkel und abgebrochener Kurven und hatte mit dem Linoleum, das den Fußboden bedeckte, lediglich gemein, daß beide, Vorleger und Linoleum, gut gepflegt waren. Heute nahmen sie sich besonders vorteilhaft aus. Der Vorleger war so lange gebürstet worden, bis auch die ausgetretenen Stellen nicht weniger prächtig aussahen als das prachtvolle Muster, und das eifrig auf Häuslichkeit getrimmte rot-grünbraune Lilienmuster des Linoleums wirkte hell wie Glas. Es besagte: »Ich bin ein schlichtes, harmloses Stück Linoleum, das noch Jahre halten wird, selbst in einem Haus mit Kindern.« In einen flachen Alkoven rechts vom Kamin waren Regalbretter eingelassen, die Mr. Bagots Bibliothek enthielten, darunter Bücher von Sidney und Beatrice Webb, Darwin, Shakespeare, Turgenjew, Edgar Wallace, Wolfe Tone, W. B. Yeats, James Joyce, Tschechow, Ibsen, Molière, Edgar Allan Poe und anderen. Die Bücher waren meistenteils alt und zerlesen, standen aber ordentlich aufgereiht; in diesem Augenblick verschwanden sie fast hinter der zweiflügeligen Falttür, die, wenn sie geöffnet war, das vordere und das hintere Wohnzimmer zu einem geräumigen Ganzen werden ließ.

Mrs. Bagot hatte die Türflügel so weit wie möglich zusammengeschoben, damit sie eine Vorstellung davon bekäme, wie das Vorderzimmer wirkte, wenn es leer war, und jetzt, wo das alte Klavier, das so viel Platz eingenommen hatte, nicht mehr war und das Sofa noch nicht eingetroffen, war es in der Tat fast leer. Das Sofa würde sich in dem Zimmer sehr gut machen. Sie hatte eine gute Wahl getroffen. Der Teppich auf dem Fußboden war beige mit großen pinkfarbenen Rosen, auch das mächtige Sofa war beige und bot fast vier Personen Platz. Sie würde das Sofa gegenüber dem Kamin aufstellen. Der Kamin war der gleiche wie der im Hinterzimmer, nur daß die Kacheln auf der Kaminplatte goldbraun gehalten waren und die Messingstäbe des Kamingitters abgeflacht waren statt rund. Zwischen den Gitterstäben waren filigrane Messingarbeiten angebracht, so daß das Messingpaneel die ganze Breite des Kamins einnahm, ähnlich wie die griechische Zierleiste oberhalb der Tapete die gesamte Zimmerdecke entlanglief. Wer immer das Haus tapeziert hatte, hatte gut daran getan, die Zierleiste anzubringen, damit die harte Linie zwischen der gestrichenen Zimmerdecke und den tapezierten Wänden aufgelockert würde. Die Tapete war nicht mehr in allerbestem Zustand. Schließlich klebte sie seit mindestens fünfzehn Jahren, wenn nicht noch länger, an der Wand. Aber das Zimmer sah auch so sehr hübsch aus. Mrs. Bagot wunderte sich darüber, daß das Zimmer eigentlich schon jetzt möbliert wirkte: der Teppich auf dem Fußboden und der Tisch mit den Farnen, die das Erkerfenster ausfüllten, das auf ihren kleinen Vorgarten und auf die schmale Dubliner Straße ging. Ohne Möbel mutete das Zimmer geradezu sorglos an. Am Morgen waren die Kinder darin herumgegangen, als hätten sie sich in einem neuen Haus wiedergefunden. Sie behaupteten, noch nie zuvor ein Zimmer ohne Möbel gesehen zu haben, und liefen auf den Teilen des Teppichs herum, die vom Klavier verstellt gewesen waren oder vom neuen Sofa verstellt sein würden.

Mrs. Bagot hatte nur zwei Kinder – Lily, neun, und Margaret, sieben. Als sie es müde geworden waren, auf dem Teppich herumzulaufen, setzten sie sich darauf, dann legten sie sich der Länge nach hin. Sie waren für die Schule angezogen und hatten nur noch wenig Zeit, aber Mrs. Bagot brachte es nicht übers Herz, sie zur Eile anzutreiben. Wenn sie nachmittags aus der Schule kämen, würde ein großer Teil des Teppichs vom Sofa verstellt sein, und sie würden nie wieder so im Zimmer spielen können. Sie hatte das Gefühl, die Kinder noch nie so unbändig erlebt zu haben, außer natürlich im Freien – im Garten oder auf der Straße. Sie lagen auf dem Boden, mit den Köpfen zu den Fenstern und den Füßen zum hinteren Wohnzimmer, in dem sie stand und das sie oft ihr Speisezimmer nannten. Sie lagen auf dem Teppich, und sie stand auf dem glänzenden Linoleum, mit dem der Fußboden des Eßzimmers ausgelegt war. Sie konnte die Sohlen ihrer Schuhe sehen, ihre Knie, die Säume ihrer Kleider und ihrer Mäntel und ihre Handflächen – sie hatten die Hände ausgestreckt, so daß sie die Innenseite ihrer Finger sehen konnte. Es war kaum zu ertragen. Die Kinder verhielten sich nicht anders als sonst, aber sie fügte die Hände zusammen, als wollte sie ihnen applaudieren. Am liebsten hätte sie laut herausgelacht. Sie fühlte sich schwach und wie verrückt vor Stolz und Staunen und einer Freude, die keine Spur von Furcht verriet. Die Kinder waren geborgen. Es war niemand in der Nähe, der sie einengte, sie auf ihren Platz verwies und mit den häßlichen Blicken des Argwohns beäugte oder der ihnen vorwarf, zu selbstsicher zu sein. Es war niemand da, der ihnen befahl, endlich *aufzuhören.* Mrs. Bagot fand es das Schlimmste auf der Welt, aufhören zu sollen, wenn man gar nicht die Absicht hatte, etwas zu tun, und nicht wußte, daß man etwas getan hatte, womit man jetzt aufhören mußte.

Unter der Falttür gab es eine in den Boden genagelte Gleitschiene. Einer der Türflügel konnte in der Schiene festgeriegelt werden, und wenn die Tür geschlossen war, stand sie so unverrückbar da wie eine Wand, und Vorder- wie Hinterzimmer waren vor Zugluft geschützt. Jetzt, wo die Türflügel weit offenstanden, sah Mrs. Bagot, daß der Rand des fünf Zentimeter entfernten rosenbedeckten Teppichs genau parallel zur Führungsschiene verlief. Man benötigte nur noch eine Reihe Scheinwerfer auf dieser Seite der Schiene, und schon wäre der Teppich eine Bühne. Er *war* eine

Bühne. Sie nahm die Kinder wahr, als stünden sie auf einer Bühne. Die Sohlen ihrer Schuhe, ihre Knie, ihre Handteller, ihr Hälse und Kinne, ihre Nasenlöcher, ihre Stirnen und ihr glattes Haar – das ihre Köpfe umfloß, als wehe es im Wind oder durch die Bewegung ihrer Köpfe, obwohl sie sich gar nicht bewegten und kein Wind ging. Sie beobachteten sie, schauten sie an und lächelten. Ihre Augen glänzten. Sie warteten darauf, daß sie ihnen sagte, sie kämen zu spät zur Schule, und sie hatte das Gefühl, als befänden sie sich auf einer bedeutenden Bühne hoch über ihr und tanzten einen langsamen, aber wilden Tanz – einen Tanz, den sie sich erst in diesem Augenblick ausdachten. Als Bennie, der weiße Terrier, ins Zimmer tappte, um nach dem Rechten zu sehen, streifte er Mrs. Bagots Beine. Zwischen den Türen war viel Platz, und Mrs. Bagot war eine sehr schmale Frau, aber natürlich mußte Bennie sie berühren. Bennie mußte sie berühren, wann immer er Gelegenheit dazu hatte, er mußte seine Schnauze in ihre Hand schmiegen, wenn sie in ihrem Sessel saß, und ihr ängstlich zur Haustür folgen und ängstlich mit dem Schwanz wedeln, solange sie mit irgend jemandem redete, dabei wollte er sich immer nur vergewissern, daß sie noch die gleiche war. Prüfung, Vergewisserung, Erkennen und Schweigen – Bennie lebte in der flammenden Demut vollkommener Liebe. Und Mrs. Bagot hätte sich am liebsten zu den Kindern auf den Fußboden gelegt, beide umarmt und sie ihrem Gedächtnis *mit den Händen* eingeprägt, damit sie sie für immer so wie jetzt vor Augen hätte – wie sie sie anschauten, lebhaft und selbstbewußt in ihrer Ungebundenheit. Sie schauten sie an. Das wußte sie. Ihr Lächeln war glücklich und verschwörerisch. Sie stellten sie auf die Probe. Sie warteten darauf, daß sie sprach. Aber sie sprach nicht und rührte sich nicht vom Fleck. Sie lächelte nur, und beinahe hätte sie vor Vergnügen gelacht. Sie drückte ihre trockenen Handflächen zusammen, dann faltete sie die Hände und ließ sie auf Armlänge herabbaumeln – eine Geste, die zu besagen schien: »So also ist das.« Bennie beschnüffelte die Gesichter der Kinder, dann ließ er sich zwischen ihnen nieder. Sobald er sich gesetzt hatte, sprang Lily auf.

»Schluß jetzt mit dem Quatsch«, sagte sie. »Wir kommen zu spät zur Schule.«

»Selber Quatsch«, erwiderte Margaret. Aber auch sie sprang auf und drängte an Lily vorbei, um als erste in die Diele zu gelangen. Bennie rannte an den beiden vorbei und beschnüffelte ihre Schulranzen, die auf dem Stuhl in der Diele standen. Die Ranzen waren für ihn besonders interessant, weil jeder von ihnen ein eingewickeltes Brot enthielt. Heute würde Mrs. Bagot den Kindern kein warmes Mittagessen in die Schule bringen. Heute mußte sie zu Hause bleiben und auf das Sofa warten. Die Kinder wußten Bescheid über das Sofa und freuten sich auf sein Eintreffen, genau wie sie. Es war ein hochbedeutsamer Tag im Haus der Bagots, und seine Bedeutsamkeit hatte über Nacht, während sie schliefen, noch zugenommen. Gestern kam ihnen bereits wie tiefste Vergangenheit vor, ganz und gar vergangen. Und das Morgen mußte noch eine lange Reise zurücklegen, bevor es sie erreichte. Das Morgen lag noch in weiter Zukunft. Mrs. Bagot konnte nicht an morgen denken. Eigentlich konnte sie an gar nichts denken – dauernd kam ihr das Sofa in die Quere, es war unruhig, als sehne es sich danach, endlich ins Haus zu gelangen und sich daselbst hübsch einzurichten, damit wieder das Alltagsleben beginnen und alle wie gewöhnlich ihren Geschäften nachgehen konnten.

Es wurde zwei Uhr, und dann war es schon nach zwei. Als Mrs. Bagot sich hingesetzt hatte, um die Uhr im Auge zu behalten, hatte sie zu sich selbst gesagt, wenn die Zeiger auf zwei stünden, würde sie aufstehen und irgendeine kleine Beschäftigung finden, um sich abzulenken – etwas, das sie jederzeit abbrechen konnte. Aber zwei Uhr kam, dann eine Minute nach zwei und so fort, und sie saß noch immer reglos da und tat gar nichts. Die große Uhr war am verläßlichsten. Sie ging immer richtig. All die anderen Uhren im Haus wurden nach ihr gestellt, und Mrs. Bagots gesamtes Eheleben hindurch war diese Uhr es gewesen, die die Tage und die Nächte geregelt hatte. All die Jahre hindurch hatte Mrs. Bagot immer wieder daraufgeschaut; sie hatte daraufgeschaut in Sorge, Aufregung, Furcht, Genugtuung, Erleichterung und Vorfreude, voller Enttäuschung und Verärgerung, und jetzt saß sie einfach da und schaute auf die Uhr, als trotze sie deren Aufforderung, sich endlich aufzuraffen und tätig zu werden. Aber die Uhr, die sie all die Jahre über so tyrannisiert hatte, heute hatte sie keine Gewalt über sie, und als vor ihren Augen eine vergeudete Minute nach der anderen verstrich, fing sie an zu lächeln. Sie wußte nicht, daß sie der Uhr dasselbe Lächeln schenkte, mit dem sie die Kinder bedacht hatte, als diese noch klein waren und lange schliefen und sie ihnen zulächelte, als wollte sie sagen: »Schlaft ihr nur, ihr werdet schon noch früh genug aufwachen.« Es war ein heimliches Lächeln, amüsiert, geistesabwesend und forschend zugleich. Wenn Mrs. Bagot so lächelte, spiegelte sich in ihren Augen etwas, zu dem sie keinen Zugang hatte. Sie stand in Verbindung mit einem Geist, von dem sie nicht wußte, daß er ihr innewohnte, und wenn sie lächelte, wurde ihr Gesicht von dem schwachen, fernen Schimmer einer Gewißheit erhellt, die ganz ihr gehörte, jedoch begraben war, tief vergraben unter dem gesunden, nützlichen Erdreich eines fünfunddreißigjährigen blind gehorsamen Lebens. Sie fand, daß die Uhr recht freundlich auszusehen begann, daß sie sich beruhigt hatte und sich Zeit ließ, genau wie sie.

Sie schlief nicht, sie döste nicht einmal vor sich hin, aber das große, unschuldige Zifferblatt der Uhr mußte sie ganz hypnotisiert haben, denn als sie jemanden an die Tür klopfen hörte, erschrak sie furchtbar. Durch die schmale Diele lief sie zur Haustür, dabei ging ihr dauernd durch den Kopf, daß es viel zu früh war; sie war auf das Sofa noch nicht eingestellt. Doch als sie die Tür öffnete und tatsächlich den Ausfahrer vor sich stehen sah, fragte sie: »Bringen Sie das Sofa? Ich hoffe, man hat das richtige geschickt. Ich hoffe, es liegt kein Irrtum vor.« Der Mann blickte sie erstaunt an und sagte: »Ich will nur sehen, wie breit die Diele ist.« Er lugte an ihr vorbei und sagte: »Das kriegen wir schon hin.« Dann ging er über den mit Steinplatten belegten Weg zu dem kleinen Eisentor, das er offengelassen hatte, und zum Heck des Lieferwagens. Zwei weitere Männer hatten die Hecktüren geöffnet und warteten ohne große Begeisterung auf ihn. Mrs. Bagot stürzte ihm nach zum Lieferwagen und spähte hinein. Ja, es war ihr Sofa.

Der große Mann, der vor der Tür gestanden hatte, war bereits in den Lieferwagen geklettert und dabei, das Sofa herauszuwuchten. Sie sah, daß er sie fröhlich angrinste, verwirrt drehte sie sich um und eilte zurück zur Haustür, wo sie stehenblieb. Sie fürchtete, sich blamiert und keine Würde gezeigt zu haben, und glaubte, die Männer würden sie wegen ihres Eifers auslachen. Sie beschloß, den großen Mann, wenn er zur Tür kam, streng anzublicken.

Allmählich, geradezu schüchtern gelangte das Sofa zum Vorschein. In diesem Augenblick kamen Lily und Margaret die Straße entlanggerannt. Auch einige Kinder aus den umliegenden Häusern zeigten sich und blieben neugierig stehen. Lily und Margaret distanzierten sich rasch von diesen bedauernswerten Geschöpfen, die kein neues Sofa bekamen, indem sie den mit

Steinplatten belegten Weg heraufstürmten und sich an der Haustür neben ihrer Mutter aufstellten. Diese wirkte so ernst und besorgt, daß auch sie ernst und besorgt wurden. Ein neues Sofa zu bekommen war offenbar nicht so einfach, wie sie es sich vorgestellt hatten. Das Sofa würde nicht einfach ins Haus schweben und seinen Platz im vorderen Wohnzimmer einnehmen. Womöglich traten Schwierigkeiten auf. Inzwischen war das Sofa ganz aus dem Lieferwagen herausgehoben worden, es sah riesig aus und hilflos. Sicher und wohlbehalten saß es auf den Schultern von zweien der Männer, denen das Tragen keinen Spaß zu machen schien. »Die Beine sind aber sehr kurz«, sagte Margaret.

Sie alle hatten Angst, die Männer könnten das Sofa fallen lassen und ihm die Beine brechen.

»Hoffentlich stemmen sie's nicht übers Geländer und zerschlitzen mir die Bodenbespannung«, sagte Mrs. Bagot. Sie zitterte. »Hört zu«, sagte sie zu den Kindern. »Wir dürfen den Männern nicht im Weg stehen. Wenn das Sofa durch das Tor kommt, rennt ihr zwei ins Haus und setzt euch auf die Treppe, ich gehe ebenfalls ins Haus und stelle mich oben an der Küchentreppe auf. So bleibt die Diele frei, es wird nichts beschädigt, und die Männer haben genügend Platz zum Manövrieren. Hört ihr – wenn sie das Sofa zum Tor bringen, gehen wir alle ins Haus.«

Nachdem diese Vorgehensweise besprochen und vereinbart war, konnten sie ihre ungeteilte Aufmerksamkeit wieder dem Sofa widmen. »Das kriegen die doch nie im Leben durch das kleine Tor, ohne es kaputtzumachen«, sagte Mrs. Bagot. Doch als die Männer zum Tor gelangten, stemmten sie das Sofa hoch in die Luft, schwangen es triumphierend über das Geländer und kamen so schnell zur Haustür, daß Mrs. Bagot und die Kinder kaum Zeit hatten, ins Haus zu eilen und ihre Positionen an der Treppe einzunehmen. Einen Moment lang füllte das Sofa die gesamte Diele aus, dann zwängte es sich ins vordere Wohnzimmer. Mrs. Bagot hastete ins hintere Wohnzimmer und blieb an der Stelle stehen, von wo aus sie den Kindern am Morgen zugeschaut hatte. »Bitte gegenüber dem Kamin«, sagte sie, was überflüssig war, da es nichts anderes gab, dem das Sofa hätte gegenüberstehen können.

Das Sofa nahm sich sehr schön aus in dem Zimmer, viel schöner, als sie erwartet hatte. »Sieht aus, als hätten Sie's eigens anfertigen lassen«, bemerkte der große Mann, und sie vergaß, ihn streng anzublicken.

Sie begleitete die Männer zur Haustür und sah dem davonfahrenden Lieferwagen nach, dann ging sie wieder hinein, um das Sofa gemeinsam mit Lily und Margaret eingehender zu betrachten. Zu dritt liefen sie um das Sofa herum, setzten sich darauf, streichelten seine Rücken- und seine Seitenlehnen und plapperten heraus, was immer ihnen in den Sinn kam. Während des ganzen Abendessens, das sie wie üblich in der Küche einnahmen, redeten sie von nichts anderem.

Geschichten aus Afrika

Ein im Ruhestand lebender Bischof der südafrikanischen Mission wurde zum Tee erwartet, und Mrs. Bagot und ihre beiden kleinen Töchter hatten mit den Vorbereitungen alle Hände voll zu tun. Erwartet wurde er um vier Uhr. Die Kinder kamen erst nach drei aus der Schule, dann mußten sie rasch das Mittagessen hinunterschlingen, das Mrs. Bagot improvisiert hatte, die Schuluniformen ablegen und ihre Sonntagskleider anziehen. Danach mußte sie ihnen auch noch die Haare kämmen und ihre neuen Haarbänder einflechten – breite Bänder aus hellblauem Satin. Sie kleidete sie gleich, als wären sie Zwillinge, dabei lagen sie fast drei Jahre auseinander. Lily wurde bald zehn, und Margaret war sieben. Sie hatte ihnen versprochen, sie würden wunderbare Geschichten aus Afrika zu hören bekommen – seltsame Geschichten von Straußenfedern, Affen und Kannibalen, von großen Wildvögeln und Löwen und von einer Sonne, die so heiß vom Himmel brannte, daß die Menschen sich in den Schatten flüchteten.

»Regnet's da denn gar nicht, Mutter?« fragte Lily, dann fügte sie hinzu: »Wenn ich ein bißchen größer bin, kann ich in deinen Spiegel gucken, während du mir die Haare bürstest.«

Sie stand bei der Frisierkommode mit dem kleinen Spiegel, vor dem Bürsten, Kämme und Bänder ausgebreitet waren.

»Wenn du ein bißchen größer bist, wirst du dir die Haare selber bürsten«, sagte Margaret schnippisch.

Margaret saß auf der Kante von Mutters großem Bett und wartete darauf, daß sie an die Reihe käme. Allmählich wurde sie ungeduldig. Der Bischof konnte jede Minute hiersein. Lily und Mrs. Bagot schwiegen, als sie gesprochen hatte. Mrs. Bagot schwieg, weil sie gerade Lilys Haare in das neue Band flocht, ängstlich darum bemüht, daß die Schleifen des Haarbands gleichmäßig aussahen, genau dieselbe Größe hatten und genau in demselben Winkel saßen. Und Lily schwieg, weil sie immer wieder von neuem überrascht war, wenn Margaret etwas äußerte, das ihre Fähigkeit zu denken verriet. Normalerweise drückten Margarets Worte nur Wünsche, Einwände oder Zuneigung aus. Aber Lily hatte noch einen anderen Grund zu schweigen. Sie spürte, daß Mutters Finger ihre liebe Mühe mit der Schleife hatten, und sie wußte, ihr ganzes Erscheinungsbild hing von den Anstrengungen der nächsten Minute oder so ab, denn wenn die Schleife nicht gleich beim ersten Mal richtig saß, mußte sie wieder gelöst und herausgenommen werden, das Haarband wäre zerknittert, sie hätten keine Zeit mehr, es zu bügeln, und die Chance, es beim zweiten Anlauf richtig hinzubekommen, wäre gering. Ein einziges Wort von ihr, und Mutters Hand konnte abrutschen, deshalb schwieg sie und versuchte, den Atem anzuhalten.

Sie befanden sich im vorderen Schlafzimmer. Das große Messingbett stand mit dem Kopfteil zur Wand. Das Fußende bildete ein helles Geländer zwischen Margaret und ihrer Mutter und ihrer Schwester. Margaret saß auf der ihnen abgewandten Seite des Bettes, ließ die Beine herabbaumeln und betrachtete sich im hohen Türspiegel des Kleiderschranks. Auf dem Bett lag eine große Patchworkdecke, die zu beiden Seiten bis fast auf den Fußboden reichte. Die Decke war sehr alt, Mrs. Bagot hing an ihr, und gewöhnlich bewahrte sie sie zusammengerollt an einem sicheren Ort auf, heute aber hatte sie sie hervorgeholt, zu Ehren des bischöflichen Besuchers, aber auch, um die Neugier der Kinder zu stillen, die sie gedrängt hatten, die Decke endlich einmal auf einem Bett ausgebreitet sehen zu dürfen, wo sie die verschiedenen Muster und Farben genauer studieren konnten. Der Bischof würde die Decke natürlich nie zu Gesicht bekommen, aber wenn sie an diesem Tag auf dem Bett lag, wirkte das ganze Haus gleich schöner und festlicher. Es war verboten, sich auf die Decke zu setzen, und so saß Margaret denn auch nur auf einer Pobacke, in der Hoffnung, ihre Mutter würde sie nicht bemerken. Im Spiegel sah sie, wie ihre Hände umherwanderten und die harten Kanten berührten, wo die verschiedenen Stoffteile, uralte Kleiderflicken, in kleinen, akkuraten Achtecken aufeinanderstießen. Das war Ungehorsam, und sie wußte, im Beichtstuhl mußte sie es erwähnen. Vor kurzem hatte sie ihre erste Beichte abgelegt und fand, daß ihre Sünden wie Pflaumen waren – angefaulte Pflaumen, die sie aus der Luft griff, einer Luft, die früher klar und rein gewesen war. Früher, ehe sie, mit sieben, das Alter der Vernunft erreichte. Und dann, am Ende der Woche, übergab sie all die angefaulten Pflaumen dem Priester im Beichtstuhl. Kurz vor Betreten des Beichtstuhls hatte sie immer Angst, war gespannt, was er ihr wohl sagen würde, aber er sagte nie etwas und erlegte ihr immer nur eine geringe Buße auf. Jetzt saß sie auf der Decke und betrachtete sich, wie sie in Sünde dasaß. Sie beobachtete sich dabei, wie sie nachsann über Beichte und Sünde, und hatte das Gefühl, Herrin der Lage zu sein und auch allein gut zurechtkommen zu können.

Die Frisierkommode war so groß und sperrig, daß sie das Erkerfenster, in dem sie stand, verschandelte, doch im Zimmer war sonst nirgends Platz für sie. Den mittleren Teil des Fensters verstellte sie fast ganz, aber durch die rechte Scheibe konnte Lily die schmale Dubliner Straße und die gegenüberliegenden Reihenhäuser erkennen, die alle genauso aussahen wie ihr eigenes. Am Ende der Straße sah sie die Hauptstraße. Eine aus der Stadt kommende Straßenbahn fuhr vorbei, und sie hoffte, daß der Bischof nicht mit ihr gekommen war. Auch Margarets Haare mußten noch gerichtet werden, und sie alle wollten doch, noch ehe er an die Tür klopfte, unten bereitstehen. Da spürte sie ein nachdrückliches, abschließendes Zerren am Haar, ihre Mutter richtete sich auf und trat zurück.

»Besser krieg ich's nicht hin«, sagte Mrs. Bagot. »Dreh dich um und laß dich anschauen. Und du, Margaret, gehst jetzt von der Decke runter und kommst her, daß ich dir die Haare zurechtmachen kann. Es wäre ein Wunder, wenn wir für den Bischof rechtzeitig fertig würden.«

Margaret ließ sich vom Bett gleiten, ging zu ihrer Mutter und stellte sich neben ihr auf. Also hatte ihre Mutter die ganze Zeit über gewußt, daß sie auf der Decke saß, und nur deshalb nichts gesagt, weil sie wollte, daß Frieden im Haus herrschte, wenn der Bischof einträfe. Am liebsten hätte Margaret vor Ärger laut aufgeschrien. Ihre Mutter hatte sie wieder einmal zum besten gehabt. Und Lily, die steif dastand, während ihre Mutter ihr ein letztes Mal die Haarspitzen auskämmte – Lily beobachtete sie aus den Augenwinkeln, um zu sehen, wie sie reagieren würde. Sie hätte Lily gern einen Stoß versetzt, aber noch lieber wollte sie etwas sagen, um ihrer Mutter zu beweisen, daß sie kein kleines Kind mehr war. Sie behandelten sie wie ein kleines Kind, ließen zu, daß sie sich danebenbenahm, und sagten nichts, weil sie Angst hatten, sie würde eine Szene machen. Aber sie würde keine Szene machen, wo doch gleich der Bischof kam. Sie vertrauten ihr nicht mehr als einem Kleinkind. Margaret wünschte, sie könnte etwas Vorwitziges sagen, mit dem sie beide zum Schweigen bringen würde, aber ihr fiel nichts ein. Die Worte wollten sich nicht einstellen, doch selbst wenn sie sich eingestellt hätten, wäre kein Platz für sie gewesen, da sich Margarets Kopf mit Tränen füllte, die nach vorn stürzten und ihre Augen suchten. Sie würde sich nur blamieren. Sie kniff die Augen zusammen, aber die Tränen brachen bereits hervor, und sie spürte, wie sie ihr übers Gesicht kullerten. Sie schluchzte laut. Der erste Schluchzer klang noch wütend, weil sie versucht hatte, ihn zu unterdrücken, und nun war sie zu hilflos, um sich der kleineren Schluchzer zu erwehren, die aus ihrer Brust geradewegs zu ihrem Hirn aufstiegen, so daß sie ihre Augen jedesmal, wenn sie sie aufschlug, um ihre Mutter anzuschauen, gleich wieder schließen mußte, bis der Schluchzer seine befreiende Wirkung tat und sie sich danach sehnte, gar kein Geräusch mehr zu machen. Das häßliche Geräusch der Schluchzer beschämte sie, und sie fühlte sich beschmutzt und schläfrig. Aber sie war hilflos und konnte nur noch mit entsetzten Augen ihre Mutter anstarren. Sie sah sich ihren Gefühlen preisgegeben und von der furchtbaren Wut des Kleinkinds geschüttelt, die sie noch jedesmal zu überwältigen schien, selbst auf der Straße, vor allen Leuten. Und der Bischof konnte jeden Augenblick kommen. Margaret machte den Mund auf und brüllte.

Als Mrs. Bagot das Geräusch des ersten Schluchzers hörte, zog sie den Kamm aus Lilys Haar und zögerte, bevor sie sich umwandte, um einen Blick auf Margaret zu werfen. Diesmal konnte sie es nicht verkraften. Margaret hatte wieder einen ihrer Weinkrämpfe, und Mrs. Bagot konnte es nicht verkraften, nicht wenn jeden Augenblick der Bischof kommen konnte. Sie spürte, wie müde sie war, und grollend dachte sie, daß der Bischof auch einen anderen Tag für seinen Besuch hätte wählen können. Es war nie leicht, mit Margarets Krämpfen umzugehen. Nicht, daß es schwer war, aber es brauchte Zeit, erst, um sie zu beruhigen, dann, um sie ins Bett zu bringen, damit sie sich ausschlafen konnte, bis ihre Erschöpfung sich gelegt hatte und sie wieder einigermaßen normal aussah, wie die hübsche kleine Person, die jedermann bewunderte. Auf der Straße warfen wildfremde Menschen Margaret Blicke zu, und wenn Mrs. Bagot und die Kinder mit der Straßenbahn in die Stadt fuhren, nickten und lächelten die Leute, die ihnen gegenübersaßen, Margaret immer an – ihr hübsches, banges Gesichtchen. Margaret war ein zartes Kleinkind gewesen, und zart war sie immer noch. Sie war sehr dünn und schwach zur Welt gekommen, und es hatte ernste Zweifel gegeben, ob sie ihren ersten Geburtstag erleben würde. Und jetzt hatte sie einen nervösen Anfall, der nur von ihrem heiklen Gesundheitszustand herrührte, und weinte sich die Seele aus dem Leib. Für Margaret bedeutete die Schule eine große Anspannung. Sie litt ständig unter Erkältungen und Hustenanfällen und versäumte ganze Schultage, und dann mußte sie ihren Lernrückstand aufholen. Und ihr Gleichgewichtssinn war gestört – dauernd schlug sie hin und verletzte sich. Sie war sehr schmächtig und wog nicht viel, stand nicht mit beiden Beinen im Leben wie Lily. Der jetzige Tränenausbruch kam daher, daß der bischöfliche Besuch sie zu sehr aufregte. Die Vorstellung, einen echten Bischof zu sehen und zu sprechen, war zuviel für Margaret. Mrs. Bagot merkte zu spät, daß sie Margaret nicht zur Schule hätte schicken sollen. Zu spät. Aber daß sie nicht früher daran gedacht hatte! Sie hätte Margaret dabehalten und das Theater um die Haare und all die Hetze in letzter Minute vermeiden sollen. In einem Augenblick übelkeiterregender Panik sah Mrs. Bagot sämtliche Fehler in ihrem Leben zusammenschießen und sich zu dem einen verhängnisvollen Fehler verdichten, der von Anfang an alles verdorben hatte. Aber der

Augenblick ging vorüber und mit ihm die Einsicht in jenen ursprünglichen, jenen verhängnisvollen Fehler, den sie hätte benennen können, wenn er ihr nur lange genug vor Augen gestanden hätte, um ihr Gelegenheit zu geben, ihn genauer zu untersuchen, ihn wahrzunehmen, zu erkennen, mit einem Namen zu belegen und endlich ein für allemal zu wissen, was sie verbrochen hatte, daß sie von jener Lebensweisheit abgetrennt war, die, wie sie wußte, andere Menschen besaßen. Sie wurde mit nichts fertig, schon gar nicht mit Margarets Weinkrämpfen. Nun, der Bischof würde jeden Augenblick eintreffen, und es blieb ihr nichts anderes übrig, als Margaret gut zuzureden. Damit meinte Mrs. Bagot, daß sie Margaret etwas versprechen mußte, eine Überraschung. Mrs. Bagot wußte sehr wohl, daß es verkehrt war, ein Kind zu bestechen, aber für etwas anderes als ein Bestechungsgeschenk war keine Zeit mehr. Für morgen würde sie Margaret einen schulfreien Tag versprechen. Ja, morgen würde sie sie dabehalten und ein bißchen bemuttern.

Da fing Margaret zu brüllen an. Mrs. Bagot beugte sich rasch zu ihr und legte ihren Arm um sie. Sie hielt noch den Kamm, und Margaret schlug ihn ihr aus der Hand. Lily stieß einen Schrei aus und bückte sich, um den Kamm aufzuheben, aber Mrs. Bagot versetzte ihr einen kleinen Schubs und sagte: »Lily, lauf nach unten ins vordere Wohnzimmer, stell dich ans Fenster und halt nach dem Bischof Ausschau. Ruf mich, wenn du ihn kommen siehst, dann mach die Haustür auf und laß sie offenstehen, geh hinaus, stell dich ans Tor und mach ihm das Tor auf. Geh schon und ruf mich, sobald du ihn siehst.«

Als Lily nach unten ging, hörte sie, wie ihre Mutter in einer verhaltenen Stimme, die Lily mit Ernst, Trauer, Geduld und Erschöpfung verband, zu sprechen begann, als versuche sie, etwas zu erklären, das sie nicht zu erklären vermochte, da es sich nicht in Worte fassen ließ.

Am frühen Vormittag hatte Mrs. Bagot den Wecker aus ihrem Schlafzimmer nach unten gebracht, und jetzt hatte sie überall Uhren gehen – in der Küche, wo immer eine Uhr hing, im hinteren Wohnzimmer, wo seit Jahren ihr bestes Stück, ein Hochzeitsgeschenk, auf dem Kaminsims stand, und in der Diele, auf dem Garderobentisch, wo noch nie eine Uhr gestanden hatte. Den ganzen Tag lang hatte sie auf die eine oder andere Uhr geschielt, und den ganzen Tag lang hatte sie das Gefühl gehabt, Zeit zu verlieren, doch als sie jetzt, Margaret an der Hand, die Treppe hinunterging, sehr behutsam, damit sie jeden Schritt gemeinsam tun konnten, was sich als schwierig erwies, da die Stufen schmal waren und Margaret zauderte – als sie jetzt langsam und dankbar die Treppe hinunterstieg, sah sie, daß die Uhr auf dem Garderobentisch fünf Minuten vor vier anzeigte. Sie hatten also noch genügend Zeit.

Das vordere Wohnzimmer war normalerweise verschlossen. Mrs. Bagot ging jeden Tag hinein, um ihre Sammlung von Farnen zu gießen, die am Fenster auf einem Tisch standen. Heute morgen hatte sie die Farne abgeräumt, und jetzt sah der Tisch wie verwandelt aus. Er war mit einem weißen spitzenbesetzten Tuch bedeckt, und im Schein des Kaminfeuers glänzte ein Teeservice aus weißem Porzellan. Das Kaminfeuer machte das Zimmer sehr gemütlich. Es war Ende Mai, ein gemäßigt warmer Tag, aber Mrs. Bagot wußte, daß Priester, die aus Südafrika nach Irland zurückkehrten, unter dem Klimawechsel litten, außerdem war der Bischof schon ein sehr alter Mann. Der Bischof und Mrs. Bagots Vater waren gleichaltrig gewesen, sie waren auf benachbarten Bauernhöfen in

Wexford aufgewachsen und zusammen zur Schule gegangen. Mrs. Bagots Vater war gestorben, als sie zwei Jahre alt war, und sie hatte stets das Gefühl, daß ihre Kindheit damals beendet war, noch ehe sie begonnen hatte. Solange sie zurückdenken konnte, waren ihre Brüder, ihre ältere Schwester und sie wie kleine Männer und Frauen gewesen, Bürger einer Republik, deren gestrenges, reserviertes und allwissendes Oberhaupt ihre Mutter war. Es hieß, Mrs. Kelly, Mrs. Bagots Mutter, sei über den Tod ihres Mannes nie hinweggekommen. Sie war eine ernste, schweigsame Witwe, und der Mantel der Trauer, mit dem sie sich und ihre Kinder umhüllte, wurde zum Ersatz für den Schutz, den sie mit seinem Tod eingebüßt hatten, und schließlich zum Symbol seines Willens. Mrs. Kellys Kinder taten stets, wie geheißen.

Mrs. Bagot wollte den Bischof nach ihrem Vater befragen. Sie wollte noch einmal bestätigt bekommen, daß sie der Liebling ihres Vaters gewesen war. Sie hatte es oft genug gehört, von ihrer Mutter, von ihrer Schwester und von ihren Brüdern. Als Kind und als Heranwachsende hatte sich Mrs. Bagot immer wieder anhören müssen, sie sei jemandes Liebling *gewesen*, bis sie es nicht mehr ertragen konnte, plötzlich aber hatte sie das Bedürfnis, es wieder zu hören. Sie hoffte, der Bischof würde sich daran erinnern, daß sie der Liebling ihres Vaters gewesen war, und es sagen. Aber der Bischof war sehr alt. Vielleicht hatte er es bereits vergessen.

Da sie ihren eigenen Konditoreikünsten nicht traute, hatte sie zum Tee einen Kuchen mit weißem Zuckerguß gekauft, außerdem hatte sie Weiß- und Braunbrot sowie Scones gebacken. Und sie hatte Konfitüre und Wabenhonig aufgetischt. Sie wünschte, er würde endlich kommen. Die Warterei machte sie ganz nervös.

Als Mrs. Bagot und Margaret die Tür öffneten und ins Wohnzimmer spähten, wandte sich Lily von ihrem Wachtposten am Fenster um. Damit die Katzen vom Teetisch ferngehalten wurden, mußte die Tür geschlossen bleiben, aber Bennie, der alte weiße Terrier, lag auf dem Kaminvorleger auf der Seite und gab vor zu schlafen, dabei hatte er die Augen weit offen und wartete nur darauf, daß der Kuchen angeschnitten wurde. Lily sah, daß ihre Mutter hoffnungsvoll lächelte, wie sie es immer tat, wenn alles mißlungen war und endlich wieder ins Lot kam, und daß Margarets Gesicht feucht glänzte, aber gefaßt war.

»Wir gehen jetzt in die Küche und setzen das Teewasser auf«, sagte Mrs. Bagot. »Und du läßt das Fenster nicht aus den Augen, hast du gehört, Lily?« Als wäre es Lily gewesen, die die Geduld ihrer Mutter über Gebühr strapazierte. »Hast du gehört, Lily?« fragte sie abermals. »Ich will Bescheid wissen, sobald du den Bischof siehst.«

Mrs. Bagot lächelte nicht mehr, und als Lily ihr schmales, vor flehentlichem Ernst ganz verkniffenes Gesicht betrachtete, verspürte sie eine plötzliche Anwandlung von Ungeduld und Trübsal. So oder so, der Tag war verdorben. Aber sie hatte keine Gelegenheit, etwas zu sagen, da die beiden Gesichter, Mrs. Bagots und Margarets, verschwanden und die Tür sich schloß. Das kleine Zimmer mit seinem Sofa, den Sesseln, dem Teetisch und all den Pflanzen wirkte überladen. Von Bennie sah Lily nichts als die Hinterläufe und den Stummelschwanz, der jetzt gleichmäßig gegen den Kaminvorleger zu schlagen begann. Bennie hatte Mrs. Bagots veränderten Tonfall gehört und wollte kein Risiko eingehen. Ein Glücksfall – auf dem Teetisch war Kuchen gedeckt, und Bennie wollte sichergehen, daß er im Zimmer bleiben durfte.

»Kuchen, Bennie«, sagte Lily, und der Schwanz hielt einen Moment inne, dann begann er wieder sanft zu schlagen.

Wegen der Diele, die zur Haustür führte, war das vordere Wohnzimmer kleiner als das Schlafzimmer darüber, aber das Fenster, an dem Lily stand und nach dem Bischof Ausschau hielt, entsprach dem Fenster im Obergeschoß, wo sie gestanden hatte, als ihre Mutter ihr die Haare gekämmt hatte. Niemand kam die Straße herauf, kein hochgewachsener alter Mann, der dem Tor entgegenschritt wie ein Prophet. Der Bischof hatte sich verspätet.

Unterhalb des Fensters befand sich das geschwungene Blumenbeet, das Mrs. Bagot aus dem Rasenstück herausgeschnitten hatte, aus dem der Vorgarten bestand. Im Februar schmiegte sich das Blumenbeet wie ein Halskragen aus Osterglocken, Krokussen und Schneeglöckchen an die Erkerfenstermauer. Das Gras, ein winziges Rasenstück, war hellgrün und kurzgeschoren. Mrs. Bagot hatte es am Vorabend geschnitten, und heute morgen hatte sie den schmalen, mit roten Steinplatten belegten Weg abgespritzt, der zum Eingangstor führte. Der Vorgarten war etwa so groß wie das vordere Wohnzimmer, der mit roten Steinplatten belegte Weg so breit wie die Diele mit dem Kleiderständer und dem Garderobentisch, auf dem der Wecker jetzt zehn nach vier anzeigte.

Weder kam der Bischof von der Hauptstraße um die Ecke gehastet, noch schlenderte er gemessenen Schritts die Straße herauf. Vielmehr fuhr er in einem Auto vor, in einer großen schwarzen Limousine, die langsam die Straße entlangrollte, bis sie vor dem Haus anhielt. Sie sah hochwichtig aus. Lily rannte los und rief nach ihrer Mutter, und danach war alles im Lot. Sie öffnete die Haustür, sprang den Gartenweg entlang und öffnete das Tor genau in dem Moment, als der Chauffeur den hinteren Wagenschlag aufriß und einem beleibten alten Mann heraushalf, der ganz in Schwarz gekleidet war und einen schwarzen Hut trug.

Noch nie war Lily einem Chauffeur so nahe gewesen, und sie bewunderte seine Wickelgamaschen. Margaret drängte sich an ihr vorbei auf die Straße und blieb stehen, den Rücken steif gegen den Gartenzaun gedrückt, das kleine Gesicht strahlend vor Aufregung. Mrs. Bagot trat vor, um dem Bischof eine helfende Hand anzubieten, auch wenn heilige Ehrfurcht und Aberglaube sie davor zurückscheuen ließen, den geweihten Mann zu berühren. Ihr war beigebracht worden, daß man einem Priester niemals die Hand schüttelte, und so hatte sie es auch Lily und Margaret eingeschärft, und jetzt entstieg der Bischof, die kräftigen Hände des Chauffeurs unterm Arm, dem Wagen ohne ihre Hilfe und stand, auf seine beiden Stöcke gestützt, beinahe aufrecht da. Er war ein äußerst heruntergekommener alter Mann. Das sah selbst Mrs. Bagot, die in hilfloser Verehrung dastand, und sie sah auch, daß seine blauen Augen unbestimmt und abweisend dreinblickten, als hätten sie bereits genug gesehen, als könnten sie keine weiteren Eindrücke mehr aufnehmen und wollten sich nicht länger damit abgeben, bekannte Gesichter von fremden zu unterscheiden. Er nahm die Stöcke in die eine Hand und reichte die andere mit einer Geste huldreicher und zugleich demütiger Vergebung Mrs. Bagot dar – einer Geste, die zu gelassen war, um Mitleid, und zu stolz, um Tadel auszudrücken.

Das gefangene Äffchen im Zoo, von Alter und Gram in den untersten und fernsten Winkel seines Käfigs verbannt, beobachtet die Menge, die es anstiert, mit so profunder Willigkeit, daß sie wie Mitleid leuchtet. Aller Kampfgeist war aus den Augen des Bischofs gewichen, und Mrs. Bagot sah, daß er dem Tod nahe war. Sie hob die Hände und schenkte ihm ein Lächeln ängstlicher Entrüstung, um ihm zu zeigen, wie sie selbst eines Morgens dem Tod ins Auge sehen würde.

»Der Tee steht schon für Sie bereit, Eure Exzellenz«, sagte sie.

»Gott segne Sie«, erwiderte er, »aber ›Eure Exzellenz‹ ist nun wirklich nicht nötig. Ich bin ein ganz einfacher Priester. ›Hochwürden‹ oder ›Father Tom‹, was immer Sie bevorzugen. Delia, stimmt's? Hab ich recht? Sie sind Ihrer Großmutter wie aus dem Gesicht geschnitten, Delia.«

Mrs. Bagot war überrascht von der Stimme des Bischofs. Sie hatte weiche, salbungsvolle Töne erwartet, die Stimme eines geistlichen Würdenträgers; statt dessen hörte sie den rauhen, warmen, monotonen Akzent ihrer Heimat. Er klingt wie einer meiner Brüder, dachte sie. Sie ging neben ihm her, wobei sie mit dem Chauffeur Schritt hielt, der sich auf der anderen Seite des Bischofs befand, und gemeinsam geleiteten sie ihn auf den schmalen roten Weg, der an diesem Tag gleich zweimal gewaschen worden war, zuerst von Mrs. Bagot, danach von einem leichten Regenschauer, der noch auf dem Gras und auf den gelben, weißen und mauven Farbtönen des Blumenbeets glitzerte.

Der Bischof stützte sich gegen den Zaun, der Mrs. Bagots mit Steinplatten belegten Weg von dem ihrer Nachbarin trennte.

»Ich komm schon zurecht«, sagte er zu dem Chauffeur. »Vielen Dank.«

»Mutter, im Auto sitzt eine Dame«, flüsterte Lily.

»Das ist Mrs. Sheffield Smith«, erklärte der Bischof. »Eine rechtschaffene Frau. Ohne sie hätte ich es nie geschafft, heute hierherzukommen.«

Mrs. Bagot hatte noch nie von ihr gehört, und besorgt dachte sie, sie sollte zurücklaufen und die Fremde zum Tee mit dem Bischof einladen, aber sie war ganz davon in Anspruch genommen, ihn ins Haus, ins Wohnzimmer und zu dem Sessel zu führen, den sie für ihn bereitgestellt hatte.

Mrs. Bagot zweifelte nicht daran, daß Mrs. Sheffield Smith eine rechtschaffene Frau war, aber sie fand, daß es eine sehr merkwürdige und sehr eingebildete Frau sein mußte, da sie Margaret, die, den Rücken gegen den Zaun gedrückt, noch immer dastand und den Wagen anstarrte, nicht einmal einen Blick zuwarf. Mrs. Sheffield Smith war wohl sehr reich. Das Haus, in dem sie wohnte, war wohl sehr groß, und zweifellos gab es viele Dinge, die sie keines Blickes würdigte. Sie hatte ihnen eine Gefälligkeit erwiesen, indem sie den Bischof in ihrem Wagen gebracht hatte, aber es war doch schade, daß sie sich nicht einmal einen Moment Zeit nahm, um Margaret zu bewundern, die in ihrem schönsten Kleid dastand.

Als Mrs. Bagot den Bischof zu seinem Sessel geleitet hatte und hinausblickte, sah sie zu ihrer Überraschung, daß der Wagen noch immer draußen stand, und in diesem Augenblick erschien der Chauffeur in der Wohnzimmertür.

»Ich bitte um Verzeihung, Madam«, sagte er, »aber Mrs. Sheffield Smith läßt fragen, ob sie die beiden Kinder auf eine Spazierfahrt mitnehmen kann. Wir wollen eine kleine Spritztour machen, bis es Zeit ist, Seine Lordschaft wieder abzuholen.«

Mrs. Bagot starrte ihn an. Lily und Margaret standen hinter ihm, sprachlos vor Verlangen.

»Oh, Mrs. Bagot«, sagte der Chauffeur, »ich hoffe, Sie lassen sie mitfahren. Es wäre Mrs. Sheffield Smith ein Vergnügen, und mir auch. Leider kann sie nicht aussteigen, aber wenn Sie sich ans Fenster begeben wollen, wird sie Ihnen zuwinken.«

»Lassen Sie die Kleinen eine Spazierfahrt in dem großen Wagen machen, Delia«, bat der Bischof.

»Ja«, antwortete Mrs. Bagot. »Ja, schon recht. Hol eure Mäntel, Lily.«

Sie trat ans Fenster, schaute hinaus, winkte, lächelte und nickte der grau behandschuhten Hand und dem verschleierten Gesicht zu, das sich flüchtig zeigte und sich, als Mrs. Sheffield Smith in ihren Sitz zurücksank, wieder entzog. Die Haustür fiel zu, und der Chauffeur und die beiden Kinder eilten den Weg hinunter zum Auto. Der Chauffeur hob Margaret in den Fond, dann half er Lily, auf den Beifahrersitz zu klettern. Als die Kinder in der Diele ihre Mäntel angezogen hatten und zum Wagen geeilt waren, hatten sie keinen Mucks von sich gegeben. Das gehörte zu ihrem guten Betragen.

»Sie sind fort«, sagte Mrs. Bagot zu dem Bischof oder zu sich selbst, wandte sich vom Fenster ab und setzte sich in den Sessel ihm gegenüber.

»Ich kann immer noch nicht fassen, wie sehr Sie Ihrer Großmutter ähneln«, sagte der Bischof. »Sie sind ihr wie aus dem Gesicht geschnitten. Ich wußte, daß ich recht daran getan habe, heute hierherzukommen. Ich freue mich so, Sie zu sehen. Ihre Großmutter war eine Elfe wie Sie. Sie war so geschmeidig« – der Bischof sagte »geschmeitig« – »so leichtfüßig und so schmächtig, aber immer emsig. Und Sie schlagen ihr nach. Das kann ich sehen. Da brauche ich mich nur in diesem Zimmer umzuschauen. Sie haben es sehr hübsch hier.«

Er musterte Mrs. Bagot, ihren schlichten marineblauen Rock, ihre schlichte weiße Bluse und ihr glattes braunes Haar, und sah sich neugierig in dem kleinen, vollgestopften Wohnzimmer um. Während er die Zimmerdecke und die griechische Zierleiste, die den Abschluß der Tapete bildete, einer sorgfältigen Prüfung unterzog, hatte er die Hände auf die Armlehnen seines Sessels gestützt. Er betrachtete die Falttür, die das hintere Wohnzimmer abtrennte. Mrs. Bagot hielt das hintere Wohnzimmer mit dem

Linoleumfußboden, dem Gasfeuer und dem großen Eßtisch, an dem die Kinder ihre Schularbeiten erledigten und an dem sie sonntags zu Mittag aßen, für sehr gewöhnlich. Der Bischof hingegen war gespannt, was hinter der Falttür lag. Er brannte vor Neugier, mehr über Mrs. Bagot zu erfahren. Sie war in Poulbwee geboren, auf dem Bauernhof, den er mehr als jeden anderen Ort auf dieser Welt liebte. Seine eigene Familie war ausgestorben. Zwar hatte er keine Angehörigen mehr, aber Poulbwee selbst blieb ihm vertraut. Er blickte von der Falttür zu Mrs. Bagot und wieder zur Falttür, bevor er seine erste Frage an sie richtete.

»Offenbar haben Sie da noch ein anderes Zimmer«, sagte er zögernd.

»Ach, das hintere Wohnzimmer«, erklärte Mrs. Bagot. »Wenn Sie möchten, können Sie's auch Speisezimmer nennen. Es ist ganz anders als dieser Raum. An dem großen Tisch machen die Kinder ihre Hausaufgaben, ich hab meine Nähmaschine darauf stehen, und sonntags essen wir dort zu Mittag. Manchmal schiebe ich die Falttür auf. Heute hab ich sie zugemacht, wegen der Zugluft. Ich möchte nicht, daß Sie sich eine Erkältung holen, Hochwürden.«

Der Bischof sagte nichts.

»Möchten Sie einen Blick hineinwerfen?« fragte sie erstaunt und lächelte ihn an.

»Zugluft macht mir nichts aus«, erwiderte der Bischof. »Außerdem ist es hier neben dem Kaminfeuer sehr geschützt.«

Sie stand auf und schob die Falttür auseinander. Zu Ehren des bischöflichen Besuchs hatte sie das ganze Haus geputzt, und jetzt war sie sehr froh, auch dieses Zimmer gewienert zu haben. Ein Geruch nach Wachs und Politur stach ihr in die Nase, und im Gegensatz zu dem Durcheinander im Vorderzimmer, wo es den Teetisch, die Farne und den beleibten Bischof gab, wirkte das

Zimmer düster und ruhig. Der Bischof verlagerte sein Gewicht im Sessel, um alles sehen zu können, dann erhob er sich und kam ganz langsam auf sie zu, wobei er sich auf die Rückenlehne des Sessels stützte, auf dem sie gesessen hatte. Als er den Rand des Linoleumfußbodens erreichte, blieb er stehen und lehnte mit der Hand gegen die Falttür. Mrs. Bagot rückte einen der Eßzimmerstühle heran, er legte beide Hände auf die Rückenlehne und stützte sich darauf, als sei sie ein Geländer.

»Jetzt habe ich einen Platz auf der Haupttribüne«, sagte er, und angesichts seiner bedächtigen Kopfbewegung und des entzückten Interesses in seinen Augen hätte man meinen können, aus den Ecken unter der Zimmerdecke kämen Goldfische durch die Luft geschwommen, oder kleine Vögel flatterten geschäftig umher, von denen einige sogar sangen. »Ach, herrlich!« rief er aus. »Sie haben einen wunderbaren Ordnungssinn, Delia. Genau wie sie, Gott hab sie selig.«

Mrs. Bagot begriff, daß der Bischof von ihrer Großmutter sprach, von Mrs. Kelly aus Poulbwee. Sie hatte ihre Großmutter nie gekannt.

»Sie haben ein Gasfeuer«, sagte er. »Sehr praktisch. Und das da draußen ist Ihr Garten. Ich sehe eine Menge Gelb.«

»Das ist der Goldregen«, erklärte Mrs. Bagot. »Und die Seitenmauer ist mit Kapuzinerkresse bewachsen.«

»Und auch auf dem Tisch haben Sie Blumen stehen. Ihre Großmutter hat die Frühlings- und Sommerblumen immer auf dem großen runden Tisch in der guten Stube aufbewahrt, obwohl da nie jemand hineindurfte. Sie hatte eine Blumenschale aus Kristallglas, auf die sie sehr stolz war.«

»Ah, die Kristallschale für die Blumen«, sagte Mrs. Bagot. »Die steht heute noch in Poulbwee. Sie sieht aus wie ein Springbrunnen.«

»Ja, wie ein Springbrunnen«, bestätigte der Bischof. »Und aus den Rosen hat sie eine Fontäne gemacht. Die sahen aus, als wären sie dem Glas entsprungen. Ich hatte noch nie solche Farben gesehen. Und im Holz des Tisches spiegelten sie sich so wie Ihre Blumen hier in diesem. Den Goldregen dort draußen im Garten sehe ich fast genauso deutlich wie die Spiegelung im Tisch, so schlecht sind meine Augen.«

Er drehte sich um und trat den langsamen Rückweg zu seinem Sitzplatz neben dem Kaminfeuer an. Mrs. Bagot hob den Eßzimmerstuhl, auf den er sich gelehnt hatte, wieder an den Tisch zurück und setzte sich dem Bischof gegenüber. Die Falttür hinter sich ließ sie geöffnet.

»Seit neuestem wird mir mehr und mehr bewußt, was ich sehen kann und was nicht«, meinte der Bischof. »Es ist, als würde ich in einen Traum versinken und wieder daraus erwachen, so sehr zerfallen Gegenstände, Räume und Gesichter, sobald ich mich auch nur ein paar Schritte entferne. Es ist wahr, daß wir diesen Weg nur einmal beschreiten. Es ist wahr. Es ist wahr. Es ist die Wahrheit. So ist es. Es ist die ganze Wahrheit. Und die andere Wahrheit lautet, daß alles eitel ist. Ja, ja … Die Blumen, die Sie hier auf dem Tisch stehen haben, sie kommen mir ganz verwischt vor, als seien sie nur Spiegelungen ihrer selbst. Und das ganze Zimmer ist sehr trübe, sehr undeutlich, aber dank Ihnen weiß ich, wie es darin aussieht … Ich bin sehr froh, daß ich es geschafft habe, heute hierherzukommen. Ohne Mrs. Sheffield Smith hätte ich niemals kommen können. Man hat mir gesagt, man würde mir ein Auto zur Verfügung stellen, und tatsächlich, da stand es. Morgen oder übermorgen wird man mich nach Parknasilla schicken. Der Orden hat dort ein Haus für alte Burschen wie mich.« Seit seiner Rückkehr aus der Mission hatte der Bischof in einem Altenheim in Clontarf gewohnt. Parknasilla in Kerry im Westen Irlands ist ein kleiner Flecken auf dem Land, wo das Klima durch eine wunderliche Laune der Natur halb tropisch wirkt – mit warmer, linder Luft und mit Pflanzen und Blumen, Palmen, Bambusgräsern und dergleichen, wie sie in anderen Gegenden Irlands gewöhnlich nicht vorkommen. »Es heißt, das Klima sei wie in Spanien oder wie an der Riviera«, fuhr der Bischof fort. »Wie an der Riviera! Was meinen Sie dazu? Die reden geradeso, als würden sie mich ins Himmelreich schicken.«

Er sah Mrs. Bagot an, als hätte er sich mit seinem Witz selbst übertroffen und wollte sichergehen, daß sie ihn mitbekommen hatte.

»Als würden sie mich ins Himmelreich schicken«, wiederholte er.

Aber Mrs. Bagot wollte den Witz des Bischofs nicht wahrhaben. Sie machte eine strenge Miene und sprang auf, um seine halbleere Tasse zu nehmen, dann füllte sie ihm heißen Tee nach und setzte sich wieder.

»Ich habe schon ganz oft von Parknasilla gehört«, sagte Mrs. Bagot. »Es ist nur ein kleiner Flecken, aber es gibt dort wunderbare Pflanzen und Blumen.«

»So heißt es«, sagte der Bischof, aber er hatte bereits das Interesse an Parknasilla verloren. »Also, Sie haben diese beiden Zimmer hier und natürlich eine Küche.«

Mrs. Bagot lachte. »Natürlich habe ich eine Küche«, bejahte sie. »Es ist ein sehr gutes kleines Haus, solide gebaut. Die Küche ist am anderen Ende der Diele, durch die Sie hereingekommen sind. Man geht zur Küche drei Stufen hinab. Oben, über diesen beiden Räumen, gibt es zwei weitere Zimmer und auf halbem Weg einen kurzen Flur, wo sich das Badezimmer befindet und daneben eine kleine Kammer. Wir nennen sie Abstellkammer. Sie hat ein schönes Fenster, das zum Garten hinausgeht.«

In der Abstellkammer schlief Mrs. Bagots Mann, aber das würde sie weder dem Bischof noch sonst jemandem auf die Nase binden. Der Bischof nickte ihr zu, und dann stellte er ihr die Frage, die ihn bewegte, seit er das Haus betreten hatte. »Dann haben Sie also das ganze Haus für sich?« erkundigte er sich, womit er sagen wollte, daß Mrs. Bagot nicht genötigt war, ihr Haus mit Mietern zu teilen.

»O ja«, antwortete sie, dann fügte sie rasch hinzu: »Das Haus ist abbezahlt. Wir haben genug.«

»Ich hatte es mir schon gedacht«, sagte der Bischof, »aber ich bin froh, daß Sie's mir sagen. Dann haben Sie also einen guten Ehemann, einen guten Beschützer.«

Und nachdem er herausgefunden hatte, daß Mrs. Bagots Mann für sie und ihre Kinder sorgen konnte und daß sie, wie sie sich ausdrückte, genug hatten, stellte er ihr eine Menge weiterer Fragen, und sie beantwortete jede Frage so unbekümmert und stolz, als führe sie ihn in ihrem Garten umher oder laufe mit ihm in einem Land, das ihm selbst fremd, ihr dagegen längst vertraut war, eine Straße entlang. Er fragte sie nach ihrem Leben aus, und während sie sich unterhielten, hatte sie das Gefühl, mit jemandem zu reden, der ihr wohlbekannt war, auch wenn sie sich noch nie begegnet waren. Sie sprach von sich und war erstaunt, wieviel es von dieser Person zu erzählen gab, die sich aus dem Nichts in die Unterhaltung gestohlen hatte und nun mit jedem hingesprochenen Wort wirklicher wurde, auch wenn sie immer noch unsichtbar war. Sie erwiderte das Vertrauen des Bischofs, indem sie so sprach, als ertaste sie Blindenschrift und erfühle voller Eifer und Zuversicht einen Weg, den sie Zentimeter für Zentimeter auswendig kannte, selbst im Dunkeln. Und während sie sprach, wurde dieser Weg, ihr Leben, sichtbar – ein Naturpfad, der sich der umliegenden Landschaft einfügte. Sie erkannte, daß sie diesen Weg zwar ohne Selbstvertrauen zurückgelegt, sich aber doch an die vorgeschriebene Richtung gehalten hatte, nicht von ihm abgekommen war und auf der Reise keine ungebührlichen Forderungen erhoben und nichts verdorben hatte. Zumindest hatte sie, diese Person, die ohne Vorwarnung ins Dasein getreten war und in diesem Zimmer jetzt so wirklich wurde, diese Person, die eine Unbekannte war und doch bekannt, wenigstens dem Bischof, der so wißbegierig und so interessiert an ihr war – zumindest hatte diese Person, soviel wurde Mrs. Bagot deutlich, nichts ohne guten Grund getan. Nicht nur das: Diese Person, die der Bischof so bewunderte, hatte auch nichts Unrechtes getan. Eigentlich war das alles sehr spannend. Mrs. Bagot seufzte tief, dann blickte sie entsetzt drein. Sie hatte sich vor dem Bischof ganz vergessen. Dieser musterte sie mit einem zaghaften Lächeln, als hätte er ihre Gedanken gelesen. Sein Lächeln bildete einen Halbmond in seinem großen ovalen Gesicht, das sehr weiß war, als wäre aufgrund einer Krankheit alle Farbe auf einmal aus ihm gewichen. Seine Unterlippe war dick, seine Oberlippe lief in der Mitte spitz zu, so daß sie aussah wie ein Schnabel. Es waren Lippen, die ihm, als er noch ein junger Mann war, ein resolutes Aussehen verliehen haben mußten. Andächtig betrachtete Mrs. Bagot das alte, asketische und doch fleischige Gesicht, die Hakennase und die verblaßten blauen Augen, die sie aus der Ferne, aus Afrika, hoffnungsvoll taxierten. Der Bischof schien zu wissen, daß sie an ihn dachte, denn er hob aufs neue an.

»Sie haben die beiden kleinen Mädchen«, sagte er. »Herzige Kinder. Haben Sie auch noch andere Kinder, Delia?«

»Das älteste war ein Junge«, antwortete sie. »Der einzige Junge. Er wäre jetzt dreizehn. Er starb drei Tage nach seiner Geburt.«

»Delia«, sprach der Bischof. »Mein liebes Kind. Aber es dauert nicht mehr lang. Ich werde Ihren Sohn sehen. Ich werde ihn erkennen, sobald ich ihn sehe. Wir werden lange Gespräche führen. Ich werde ihm von diesem Nachmittag erzählen – von seinen kleinen Schwestern und von dem alten Hund hier, von allem. Durch die Gnade Gottes ist er mir dort oben dreizehn Jahre voraus. Ist er in diesem Haus geboren, Delia?«

Mrs. Bagot nickte bejahend, dann sagte sie: »Oben im vorderen Schlafzimmer, geboren und gestorben.«

»Oben im vorderen Schlafzimmer«, wiederholte der Bischof behutsam ihre Worte, als seien ihm Auskünfte zuteil geworden, auf die er nie gehofft hatte. »Ach, Delia, welch ein Glück, daß ich heute hierhergekommen bin. Ich wußte gar nichts von Ihrem Sohn. Ich bin hierhergekommen, um Sie zu finden, und nun finde ich auch ihn. Er wird mich in alles einweisen. Hoffentlich werde ich dort besser laufen können als hier. So Gott will. Aber zuerst werde ich Ihren Sohn sehen. Und vielleicht wird er mir schon vorher helfen, in der letzten Minute.«

Mrs. Bagot lächelte schwach, als wolle sie ihm beweisen, daß sie auch eine Bemerkung, die sie nicht so recht verstand, zu würdigen wußte.

»In der letzten Minute«, sagte sie, wobei sie seine Worte aufgriff, aber nicht seinen Gedanken. »Es gibt eine Menge letzter Minuten.«

»Eine für jeden von uns«, sagte der Bischof rasch. »Ach, das ist wieder so eine Wohltat, die unser Herrgott uns erweist, eine letzte Minute zusätzlich zu all den anderen Minuten. Eine letzte Minute. Sie erfüllt mich – der Gedanke an sie erfüllt mich mit Angst, aber auch mit Freude.«

»Mit Angst, Hochwürden?«

»Mein Leib hat Angst, Delia, aber meine Seele ist mit Freude erfüllt, und in diesem Augenblick, da ich hier sitze und Sie anschaue und an Sie und Ihre Großmutter denke, deren wahrhaftige Tochter Sie sind, bin ich voller Dankbarkeit. Ich muß an die Tage denken, als ich immer den Feldweg von Oylegate nach Poulbwee entlanglief. Es sind etwa anderthalb Kilometer. Sie kennen ihn so gut wie ich. Bestimmt sind Sie diesen Feldweg schon Tausende Male gegangen. Ach, ich sehe Sie vor mir, wie Sie diesen Feldweg entlanggehen, die Landschaft bewundern, nichts verpassen. Deshalb ist meine Seele mit Freude erfüllt, wenn ich an die letzte Minute denke, die all die anderen Minuten auflodern läßt, zum Lobe des allmächtigen Gottes und in Anerkenntnis unser selbst und unserer Art, stets nach Höherem zu streben, stets besser sein zu wollen, als wir es vermögen. Jeden Tag, wenn wir aus der Schule kamen, sind Ihr Vater und ich diesen Feldweg entlanggelaufen, und dann habe ich die Abkürzung über die Felder zu unserer Farm genommen, nach Cooldearg. Cooldearg ist nicht mehr; selbst das Haus steht nicht mehr, es ist abgerissen und keiner meiner Angehörigen mehr am Leben. Aber Poulbwee ist noch genauso, wie es immer war. Ihr Vater und ich hatten eine schöne Zeit. Von Kindesbeinen an waren wir die besten Freunde. Wir haben uns großartig unterhalten. Oft denke ich, wenn wir uns doch nur die Worte ins Gedächtnis zurückrufen könnten, die wir als Kinder gesprochen haben, wir würden eine Menge über uns wissen, und was wir wüßten, wäre das Beste in uns. In der Mission habe ich immer den Kindern zugesehen – kleinen schwarzen Kindern, sehr geheimnisvoll, sehr freundlich und offen. Ich habe ihnen zugesehen, wie sie miteinander schwatzten, aber wenn ich auf sie zuging, verstummten sie, und wenn sie doch weiterredeten, nahmen sie Rücksicht auf mich, und was sie sagten, war nicht das gleiche. Genauso verhielt es sich mit Ihrem Vater und mir, als wir Kinder waren. Selbst wenn Ihre Großmutter dabei war, nahmen wir uns in acht. Was wir sagten, wenn wir allein waren, unterschied sich sehr von dem, was wir sagten, wenn ein Angehöriger der älteren Generation in der Nähe war. Auf diese Weise gibt es nie jemanden, der sich daran erinnern kann, was Kinder wirklich sagen, denn die Kinder hören auf, Kinder zu sein. Niemand weiß, was Kinder wirklich sagen.«

»Seit damals scheint sehr viel Zeit vergangen zu sein«, bemerkte Mrs. Bagot, »aber der Feldweg ist noch genauso wie früher. Von Oylegate bis Poulbwee sind es anderthalb Kilometer, aber so weit kam es einem nie vor. Der Feldweg ist so hübsch, wie er sich an den Feldern vorbeischlängelt und dann wieder schnurgerade zwischen den Hecken verläuft. Und wenn ich ihn entlangging, habe ich immer die Gatter auf- und zugemacht. Ich bin nie drübergeklettert. Immer habe ich die Gatter erst auf- und dann wieder zugemacht. Und an der letzten scharfen Biegung, ab der man das Haus sehen kann, wird der Weg immer breiter, je näher man dem Haus kommt, und auf der letzten Strecke stehen zu beiden Seiten hohe Bäume. Es gab da eine Stelle, wo ich immer weißen Efeu gefunden habe.«

Poulbwee ist ein langgestreckter zweigeschossiger Bauernhof mit einem niedrigen Reetdach. Das Haus ist weiß getüncht, die Haustür grün gestrichen. Die Haustür führt in eine quadratische Diele, eben groß genug, daß man eintreten kann. Rechter Hand befindet sich eine Tür, die ins Wohnzimmer führt. Diese Tür ist stets geschlossen. Auf der linken Seite liegt die Küche, deren Tür stets offensteht. In die gegenüberliegende Wand ist ein ganz kleines Fenster eingelassen, so daß jeder, der am Küchenherd sitzt, hinausschauen und sehen kann, wer den Feldweg heraufkommt.

»Ihre Großmutter hat immer Ausschau nach mir gehalten«, erzählte der Bischof, »und sowie ich um die letzte Kurve bog, trat sie aus der Haustür und wartete auf mich. Wenn ich den Feldweg heraufkam, spürte ich immer, wie sie lächelte. Gott segne ihr gütiges Herz, sie schämte sich nicht, einem zu zeigen, daß man willkommen war, schämte und fürchtete sich nicht. Sie war sehr sanftmütig. Ich wußte, daß Leute ohne Verstand, die sie nicht sehr gut kannten, wenig von ihr hielten ... Während meines ersten Heimaturlaubs von der Mission – meines ersten und meines letzten, denn bis jetzt bin ich danach nie wieder nach Hause gekommen – las ich jeden Morgen in der Dorfkirche von Oylegate die Messe, und anschließend nahm ich immer den Feldweg nach Poulbwee, und Ihre Großmutter wartete schon mit dem Frühstück auf mich. Vierzehn Jahre lang war ich nicht in Irland gewesen. Gleich nach der Priesterweihe war ich in die Äußere Mission gegangen und hatte Irland vierzehn Jahre lang nicht wiedergesehen. Meine Mutter war gestorben, und zu Hause gab es nur noch meinen Bruder. Er hatte nie geheiratet, und ich nehme an, die Einsamkeit machte ihm zu schaffen. Er verlor den Lebensmut. Als ich da war, redete er von nichts anderem als davon, das Gehöft verkaufen und nach Amerika auswandern zu wollen. Er hatte bereits sämtliches Vieh und alle Wohnzimmermöbel verkauft, Möbelstücke, die unserer Urgroßmutter gehört hatten oder noch älter waren. Ich forderte ihn auf, sich zusammenzureißen, aber er meinte nur, ich hätte leicht reden. In der Familie galt ich immer als der Gelehrte, das störte ihn. Er warf mir vor, der Liebling meiner Mutter zu sein, und vielleicht hatte er ja recht, aber den Bauernhof wollte sie immer nur ihm vererben, obwohl er der Jüngere war. Er war in einem fürchterlichen Zustand, ab und zu fing er ein Kaninchen fürs Abendessen.

Meistens schlief er Tag und Nacht. Er schämte sich dafür, daß er so viel schlief, und mochte es nicht, wenn jemand zu Besuch kam, und allmählich blieben sie alle weg. Ich hatte nicht gewußt, daß ein Haus so schnell verfallen konnte, wie Cooldearg verfallen war, als ich es das letzte Mal sah. Ich war nicht vorgewarnt. Nach vierzehn Jahren im Ausland eilte ich nach Cooldearg, so schnell mich meine Beine trugen, aber der Anblick war ein großer Schock. Ein großer Schock und eine große Lehre, er dämpfte meine Eitelkeit, von der ich bis dahin gar nichts gewußt hatte. Der Teufel wartet nur darauf, uns in unseren schwachen Momenten zu packen. Mein Bruder trat aus dem Haus, und ich mußte mich beherrschen, um ihn nicht niederzuschlagen. Aber am Tag meiner Abreise begleitete er mich bis Oylegate, wo ich eine Mitfahrgelegenheit nach Wexford hatte, und als wir uns verabschiedeten, machte ich noch einmal kehrt und ging mit ihm ein Stück weit den Feldweg entlang, wir schüttelten einander die Hände und verabschiedeten uns abermals, und die Tränen liefen ihm übers Gesicht und mir auch. Ich sah ihm nach. Er drehte sich nicht um, bis er die erste Biegung erreichte, erst da wandte er sich um und hob den Arm zum Gruß, und dann war er verschwunden. Ich habe ihn nie wiedergesehen. Er verkaufte das Gehöft, wie er es angekündigt hatte, und wanderte nach Amerika aus. Ich habe nie wieder etwas von ihm gehört. Aber als ich jenes letzte Mal bei ihm war, las ich jeden Morgen in Oylegate die Messe, und dann lief ich den Feldweg entlang nach Poulbwee, um zu frühstücken. Ich könnte Ihnen eine Karte von dem Feldweg zeichnen. Mit den Kindern in der Mission habe ich immer ein Spiel gespielt. Wir nannten es ›nach Poulbwee laufen‹. Am Ende kannten sie den Feldweg und jeden Acker am Weg fast genausogut wie ich und konnten gar nicht genug davon bekommen.«

Es gab eine Zeit, da der Bischof den Feldweg von Oylegate nach Poulbwee als den einzigen ihm bekannten Weg durch ein Labyrinth ansah, das weder Mittelpunkt noch Form besaß und, was am schlimmsten war, kein Geheimnis barg. Es gab nichts Verschwiegenes und nichts Verborgenes, das er aufspüren und zerstören konnte, wofür er sich geißeln und Buße tun konnte. Es gab nichts. Es gab nur das Labyrinth. Als junger Mann hatte der Bischof nicht verstanden, daß er, als er Missionspriester wurde, zugleich ein Verbannter war. Die beiden Wörter, »Priester« und »Verbannter«, schienen ihm unvereinbar, und er fand es unpassend, ja bedrohlich für einen Priester, sich als Verbannten zu begreifen. Sein Heimweh hielt er für Nachgiebigkeit gegen sich selbst, trotzdem verspürte er Heimweh. Er zweifelte an seinem Selbstwert, aber nicht an der Kraft seiner inneren Berufung. Sein einziger Wunsch war, zu dienen. Einen Glauben zu besitzen und die Chance, ihn unter Beweis zu stellen. Der Bischof dankte Gott in tiefer Demut für die Chance, die er erhalten hatte. Als er von Oylegate weggegangen war, hatte er festgestellt, daß er nicht der große Gelehrte war, für den man ihn zu Hause hielt. Er merkte, daß er ein großer, schwerfälliger Kerl war, eher auf einem Bauernhof zu Hause als irgendwo anders, aber wenn er seine Gewänder anlegte, um die Messe zu lesen, kam er sich vor wie ein Soldat in Uniform, der für das, woran er glaubte, in die Schlacht zog. Selbst in seiner Jugend hatte er nie nach dem Stand der Heiligkeit oder nach dem Martyrium getrachtet. Irgendwann ein wahrhaft guter und treuer Diener des Einen zu werden, den er liebte – das war seine größte Hoffnung.

Als er sechsunddreißig Jahre alt war, noch immer der schlichte Father Tom und weit davon entfernt, Bischof zu werden, erinnerte er sich daran, daß wir alle Verbannte sind auf Erden, verbannt aus der Gegenwart des allmächtigen Gottes. Aber der Verbannte, als der er sich fühlte, der in seinem eigenen Körper hauste und sich dahinschleppte, während der Priester in ihm stolz einherschritt, war eine ganz andere Art Verbannter – jemand Untröstliches und Stures, der nicht klug genug war, um die irdische Gleichheit zwischen seinem und anderen Ländern zu verstehen, und sich voller Verwirrung wegen der *Unterschiede* quälte. Man konnte auch sagen, ein Verbannter sei jemand, der von einem Land wußte, das alle anderen Länder fremd erscheinen ließ. In diesem Sinne mochte der Verbannte, der in oder mit dem Priester lebte, der sich an ihn klammerte, ein hilfreiches Wesen sein, das den Priester dazu befähigte, zuweilen zu träumen und in der ruhigen Erinnerung an vertraute Stätten ein wenig Seelenfrieden zu finden. Als er sechsunddreißig Jahre alt war, kniete der Bischof meditierend vor seinem Altar und legte sich im Geiste einen Satz zurecht: *Der willensstarke, resolute Priester findet seinen Seelenfrieden in der ruhigen Erinnerung an vertraute Stätten und mit diesem Seelenfrieden die Gnade, in der Fürsorge für seine Gemeinde demütiger und wachsamer zu sein* … Und dann rang er vor lauter Ungeduld die Hände, einer Ungeduld, die er sich verboten hatte, Ausdruck einer Qual, die er fürchtete, da er sie verstand. Was bezweckte er damit, völlig bedeutungslose Sätze zu erfinden und hin und her zu wenden? Jeder, der ihn hörte, würde glauben, er halte Irland für eine Art hübscher kleiner Oase, eine Art Familienparadies. Er dachte an sein Vaterland, wo schrecklicher Stolz und schreckliche Demut Hand in Hand gingen, zwei edle Geschöpfe, versklavt und unterjocht von dem, was sie definiert: dem bitteren Hunger der Iren nach Demütigung. Nein, es gab keinen Grund zur Selbstgefälligkeit, keinen Grund und keine Gelegenheit. Er dachte an sein Vaterland, seufzte vor Bewunderung und lächelte, obwohl er wußte, daß er sich der Selbstzufriedenheit schuldig machte. Dann disziplinierte er seine Gedanken. Er war auf dem Holzweg. Was ihn beunruhigte und all seine Schwäche und sein Elend verursachte, war sein Unbehagen, seine Unbeholfenheit und seine Verwirrung, als bewege er sich durch ein Labyrinth, das keine Form hatte, bis er einen Fehler beging und irrtümlich etwas berührte, das ihn zurückscheuen ließ. Oder, um es anders auszudrücken, bis er irrtümlich etwas berührte, das kräftig genug war, um ihn am Fortkommen zu hindern, etwas Unnachgiebiges. Wie konnte er zu hoffen wagen, die Seelen der Menschen um ihn herum retten zu helfen, wenn er den eigenen Bruder in einer Öde der Bitternis hatte zugrunde gehen lassen?

Lily und Margaret waren ganz überrascht, daß sie klingeln mußten, um in ihr eigenes Haus eingelassen zu werden. Sie glaubten, ihre Mutter habe ungeduldig auf ihre Rückkehr gewartet und sei vielleicht sogar leicht verärgert über sie, weil sie so lange ausgeblieben waren. Mrs. Sheffield Smith hatte ihnen gesagt, der Bischof werde zu spät zum Abendessen kommen, und die Schuld daran werde man ihr geben, aber dabei hatte sie gelächelt, und sie wußten, daß sie nur Spaß machte. Sie warteten und schauten zur Tür auf, als wäre ihre Mutter, wenn sie ihnen endlich aufmachte, mindestens einen Kopf größer als gewöhnlich. Sie konnten sich nicht erinnern, wie groß sie war, und starrten nach oben, indem sie wie Bennie den Hals reckten. Jede von ihnen hatte eine große Schachtel Pralinen in der Hand, auf deren Deckel Kinder in altmodischen Kleidern abgebildet waren.

Als die Tür endlich aufging, kam Bennie aufgeregt herausgerannt, und die Kinder stürmten ins Wohnzimmer, wo der Bischof gerade aufstand und für den Weg zum Auto seine Stöcke zur

Hand nahm. Mrs. Bagot stellte dem Bischof die Kinder vor, dann eilte sie hinaus, um Mrs. Sheffield Smith zu begrüßen und ihr dafür zu danken, daß sie die Kinder ausgefahren hatte.

Mrs. Bagot sagte: »Für sie war das ein großes Ereignis.«

Mrs. Sheffield Smith erwiderte: »Für uns auch. Ich hoffe, Sie haben gegen Pralinen nichts einzuwenden. Immer nur eine, habe ich ihnen gesagt. Es sind reizende kleine Mädchen. Zuerst haben sie den Mund nicht aufgekriegt, aber dann haben sie drauflosgeplappert. Sie müssen sehr stolz auf sie sein.«

»O ja«, antwortete Mrs. Bagot. »Und vielen Dank, Mrs. Sheffield Smith, daß Sie den Bischof heute hierhergefahren haben. Es bedeutet uns sehr viel, ihn heute zu Gast gehabt zu haben.«

Als Mrs. Bagot ins Wohnzimmer zurückkehrte, lächelte der Bischof sie an, bevor er das Wort ergriff.

»Sie haben da ja zwei richtige Plappermäuler«, sagte er. »Ich habe ihnen erzählt, daß ich montags mehr Löwen als Affen gesehen habe und donnerstags nur Giraffen.«

Dann richtete er sich auf und nahm die Stöcke in die linke Hand. »Und jetzt«, sagte er, »erteile ich Ihnen meinen Segen.«

Mrs. Bagot und die Kinder knieten nieder, und Mrs. Bagot begann zu weinen. Der Bischof hob die Rechte und hob das Gesicht und segnete sie, dann blickte er auf sie hinab und bot jedem von ihnen seinen Ring zum Kusse dar. Als sie aufstanden, hatte er sich bereits in Bewegung gesetzt, und sie folgten ihm zur Haustür, wo der Chauffeur auf ihn wartete. Der Chauffeur und der alte Mann schritten langsam den mit roten Steinplatten belegten Weg entlang, und als sie das Tor erreichten, liefen Mrs. Bagot und die Kinder hinter ihnen her und stellten sich in einer Reihe vor dem Zaun auf, während der Chauffeur dem Bischof auf den Rücksitz half. Sofort versank er im Polster und war nicht mehr zu sehen. Der Chauffeur drehte sich um und salutierte schneidig, wobei er Margaret zuzwinkerte, dann nahm er auf dem Fahrersitz Platz. Der Wagen fuhr bis zum Ende der Sackgasse, um dort zu wenden. Mrs. Bagot und die Kinder blieben wie angewurzelt stehen und warteten darauf, daß der Wagen zurückkam. Er rollte die Straße herunter und verlangsamte sein Tempo, als er sich ihnen näherte, dann hielt er an, und der Bischof lehnte sich vor und schaute sie noch einmal an, und sie schauten ihn an. Sie winkten, und er nickte ihnen zu, dann fuhr der Wagen wieder an, rollte die Straße hinunter und bog um die Ecke. Der Bischof war fort.

Mrs. Bagot und die Kinder gingen wieder ins Wohnzimmer, und es gab einen Streit um die Pralinen, schließlich aber wurden beide Schachteln geöffnet, und Mrs. Bagot durfte als erste zugreifen. Sie legte ihre Pralinen auf den Kaminsims, um sie für später aufzuheben, die Kinder aber aßen jeweils drei Stück, und Bennie bekam Kuchen.

Das älteste Kind

Mrs. Bagot lebte bereits seit fünfzehn Jahren in dem Haus, seit ihrer Hochzeit. Ihre drei Kinder waren hier geboren worden, oben im vorderen Schlafzimmer, und darüber war sie froh, denn ihr erstes Kind, ihr Sohn, war tot, und der Gedanke, daß sie noch immer mit dem einzigen Ort vertraut war, an dem er einen flüchtigen Blick auf die Welt hatte tun können – er war im Alter von drei Tagen gestorben –, tröstete sie. Bei seinem Tod hatte sie sich gesagt, sie werde sich nie damit abfinden. Damit hatte sie gemeint, daß sie zeit ihres Lebens nicht akzeptieren würde, was geschehen war, zumindest nicht auf die mechanische, dumpfe Art, wie die anderen es akzeptiert hatten. Diese hatten einfach weitergemacht, hatten sich unterhalten und sich durch ihr Zimmer bewegt, als hätten sie, als sie das Neugeborene wegschafften, es tatsächlich weggeschafft, und sie hatte den Eindruck gehabt, als hätten sie vor allem der Hoffnung Ausdruck verliehen, daß kein Wort mehr über ihren Sohn verloren würde. Sie benahmen sich, als sei das Geschehene abgeschlossen, als habe sich ein ganz gewöhnlicher Vorfall zugetragen und seinen natürlichen Abschluß gefunden. Aber weder war es ein ganz gewöhnlicher Vorfall gewesen, noch hatte er seinen Abschluß gefunden.

Wie sie so in ihrem Bett lag, fand Mrs. Bagot, daß ihr Mann und die anderen sehr sonderbar wirkten, aber vielleicht, dachte sie voller Furcht, war sie es ja, die sonderbar wirkte, ganz außer sich oder gar ein bißchen gestört. Falls sie gestört war, durfte es jedenfalls keiner merken – nicht einmal Martin, der sie dauernd mit ängstlichen Blicken musterte und ihr sagte, sie müsse versuchen, sich auszuruhen. Vielleicht war es ja besser, nicht davon zu sprechen, aber sie wollte unbedingt erklären, wie ihr zumute war. Worte bewirkten nichts. Entweder wollten sie sie nicht hören, oder sie konnten es nicht verkraften, sie zu hören. Dabei war das, was sie ihnen sagen wollte, doch ganz einfach. Was geschehen war, konnte keinen Abschluß finden, das war alles. Es konnte keinen Abschluß finden. Wie sollte denn das Neugeborene ohne Erinnerungen seinen Weg finden? Diese Frage hätte Mrs. Bagot gern gestellt, aber sie wollte sie richtig formulieren und glaubte, wenn man sie nur eine Weile allein ließe, würde sie die richtigen Worte finden, um sich verständlich machen zu können – aber sie ließen sie einfach nicht allein. Andauernd versuchten sie, sie aufzumuntern, und wenn sie doch einmal redete, brachte man sie zum Schweigen, indem man ihr sagte, es sei Gottes Wille gewesen. Ihr ganzes Leben lang hatte sie Gottes Willen widerspruchslos hingenommen, und auch jetzt widersprach sie nicht, dabei wußte sie, daß das Geschehene nicht abgeschlossen war, und war sich sicher, daß es nicht Gottes Wille war, wenn man sie ihrer Verwirrung überließ. Sie wollte ihnen doch nur mitteilen, wie ihr zumute war, sie aber führten Gottes Willen an, als schlügen sie zwischen ihr und einem verbotenen Terrain eine Tür zu. Verboten aber war es nur ihr; jeder andere kannte sich dort aus. Sie allein mußte still und stumm liegenbleiben unter dieser angeblichen Unwissenheit, in die man sie einhüllte wie in ein Leichentuch. Sie wollten, daß sie schwieg und nicht von dem Wissen sprach, das sie sich erworben hatte, von dem Wissen, das ihr Angst einflößte. Natürlich war es das gleiche Wissen, das auch die anderen hatten, aber sie wollten nicht, daß man darüber sprach. Alles um sie her kam ihr unaufrichtig vor, und Mrs. Bagot war es leid. Sie war es leid, sich anhören zu müssen, dieses zu tun und jenes zu tun sei nur zu ihrem Besten, und es ärgerte sie, wenn man ihr sagte, wie tapfer sie sei – sie war, wie sie zu sein hatte, es blieb ihr gar keine andere Wahl. Sie fühlte sich äußerst unbehaglich und fehl am Platz, als sei sie gescheitert, aber sie wußte nicht, ob sie ihr Scheitern verdrängen oder es annehmen sollte, doch es schien ihr ohnehin längst entglitten zu sein.

Man verstand nicht, was sie meinte. Sie konnte ihre Gedanken nicht ordnen. Etwas entglitt ihr – weiter kam sie in ihren Gedanken nicht. Kein Wunder, daß sie nicht richtig reden konnte. Eigentlich war das, was sie sagen wollte, ganz einfach. Zwei Dinge. Einmal war da dieses Scheitern, das ihr Gemüt entleert und verdüstert hatte, bis nur noch eine schwarze Woge zurückblieb. Zweitens war da etwas, das ihr entglitt und sich entzog, sich immer weiter entzog, bis es eine kleine, eine winzige Gestalt war, die sich nur noch als etwas Verlorengegangenes identifizieren ließ. Mrs. Bagot glaubte, die einzige zu sein, die diese Gestalt noch identifizieren konnte, und sie hatte Angst, den Blick davon abzuwenden, da sie unaufhörlich kleiner wurde und im Kleinerwerden die neuen Horizonte aufzeigte, denen sie entgegentrieb, dabei trieb sie so sanft dahin, daß sie sich gar nicht zu bewegen schien. Nie hätte Mrs. Bagot sich träumen lassen, daß ihr Verstand sich so weit erstrecken konnte, daß ihre Gedanken der Gestalt so getreulich folgen konnten oder daß sie so beharrlich schauen konnte – ohne Tränen oder Schlaf.

Die hohen Anforderungen an ihren Körper und an ihre Konzentration waren ausgestanden. All diesen und anderen Anforderungen hätte sie genügen können. Sie hätte Berge versetzen können. Sie hatte festgestellt, je mehr das Kind von ihr verlangte, desto mehr vermochte sie zu geben. Ihre Kraft kam in Wellen, die ihren Ursprung in einem Meer der Ruhe und unbesiegbarer Hingabe hatten. Das Urvertrauen des Kindes machte, daß sie die Augen aufschlug, sie wurde sich klar über sich selbst und gelangte zu dem Schluß, daß alles in Ordnung war, daß sie jeder Herausforderung gewachsen, ja mehr als gewachsen war und sich für nichts zu entschuldigen brauchte – im Gegenteil, sie hatte allen Grund zu frohlocken. Ihr Tagesablauf war so geregelt, daß sie ein Gefühl der Ausgeglichenheit und der Zuversicht bekam, wie sie es nie für möglich gehalten hätte. Das Haus wurde zu einem Königreich, bedeutsam, vertraut und sicher. Sie lächelte oft, ein Lächeln unschuldiger Selbstüberhebung.

Vielleicht war sie zu stolz geworden. Sie hatte gleich gesehen, daß ihr Sohn einzigartig war. Sie war dankbar gewesen, vielleicht aber nicht dankbar genug. Kaum hatte sie ihn, gleich nach der Geburt, in den Armen gehalten, hatte sie seine Freundlichkeit erkannt. Ihm fehlte nichts. Ihm fehlte nicht das geringste. Sie hatte zu sich selbst gesagt, daß sein kleines Gesichtchen humorvoll wirkte, als wüßte er bereits genau, was vor sich ging. Und er war fest entschlossen zu leben. Voller Kampfgeist. Sie hatte gespürt, daß er mit all ihrer Kraft, dann wiederum mit all seiner Kraft um sein Leben kämpfte. Binnen kurzem hätte er sie erkannt.

Was sie jetzt betrachtete, stellte keine Forderungen mehr, an niemanden. Da war keine Ungeduld, und auch in ihr war keine Ungeduld. Sie lag auf der Seite und trommelte mit der Hand sanft auf das Kopfkissen, und zwar zu Worten, zu einer alten Weise, die ihr schon seit geraumer Zeit im Kopf herumgegangen war und der sie jetzt zuzuhören begann. Es war eine alte, sehr langsame Weise, eine Tenorstimme aus alter Zeit und weiter Ferne. Müßig hörte sie zu.

Oft, eh' in stiller Nacht
Mich Schlummers Kett' umwunden,
Da, durch Erinnrung, wacht
Licht auf aus fernen Stunden …

Immer wieder dieselben Worte, dieselben freundlichen, schlichten Worte. Mrs. Bagot glaubte, das Lied schon mindestens hundertmal gehört zu haben.

Oft, eh' in stiller Nacht
Mich Schlummers Kett' umwunden,
Da, durch Erinnrung, wacht
Licht auf aus fernen Stunden;
Der Jugend Weh
Und Lust, was je
Die Lieb' einmal gesprochen;
Des Auges Gluth,
Das trüb nun ruht,
Das freud'ge Herz, – gebrochen!

Es war ein sehr freundliches Lied. Den Worten hatte sie vorher nie Beachtung geschenkt, obwohl sie sie auswendig konnte. Liebevolle Worte, liebevolle Augen, liebevolle Herzen. Zu der fernen Stimme, der sie lauschte, gesellten sich andere, so wie sich dem ersten Vogel in der Frühe andere Vögel zugesellen, die alle dieselbe Geschichte erzählen, sie immer wieder von vorn erzählen, da es die einzige Geschichte ist, die sie kennen.

Da war das Lied, und dann war da die kleine Gestalt, die klaglos von einem fernen Horizont zu einem noch ferneren trieb. Mrs. Bagot schloß die Augen. Sie fühlte sich an einen Ort bestellt, wo sie sich, wenigstens vorübergehend, verbergen konnte.

In den letzten zwei Tagen hatte sie sich von allen abgewandt, selbst von Martin. Er versuchte nicht länger, sie zu berühren. Nicht einmal ihre Hand hatte er berührt seit dem Abend, als er neben dem Bett niedergekniet war und versucht hatte, die Arme um sie zu schlingen. Sie hatte sich so heftig gewehrt, daß er sie loslassen mußte, und er war aufgestanden und davongegangen. Fast hatte es den Anschein gehabt, sie könnte sich verletzen, wenn sie ihn so abwehrte, und daß sie sich lieber verletzte, als sich ruhig an ihn zu schmiegen, und sei es nur für eine Minute. Er konnte sie nicht begreifen. Schließlich war es auch sein Verlust, nicht nur ihrer, aber sie verhielt sich so, als ginge er nur sie an. Sie stieß ihn von sich, und als er sie losgelassen hatte, wandte sie das Gesicht von ihm ab und fing auf eine Art zu weinen an, die Aufmerksamkeit und Tröstung erflehte – von jemandem, aber nicht von ihm, das war offensichtlich. Zuvor aber, als sie ihn von sich stieß, hatte er ihr Gesicht gesehen, und auf dem stand Haß geschrieben. Ebensogut hätte sie ein wildes Tier sein können – so wenig hatte er sie unter Kontrolle –, aber ein wildes Tier, das in der Falle saß, denn sie war zu schwach, um weit zu kommen. Er hatte Mitleid mit ihr, und ihm schoß der Gedanke durch den Kopf: Wenn sie aufstehen und rennen oder fliegen könnte, würde er sie so weit ziehen lassen, wie sie wollte, in der Hoffnung, daß sie, wenn ihr Zorn und ihr Kummer verraucht wären, aus eigenem Willen zu ihm zurückkehren würde. Aber in seiner Panik vergaß er diesen Gedanken gleich wieder und rief nach der Frau, die sich erboten hatte im Haushalt auszuhelfen, und bat sie, sofort heraufzukommen. Sie hatte den Lärm gehört und war schon auf dem Weg. Kaum hatte er sie gerufen, stand sie im Zimmer – Mrs. Knox, eine kleine rotgesichtige, grauhaarige Frau, die sich der Illusion hingab, das Leben könne sie nichts mehr lehren.

»Ach, das hatte ich schon die ganze Zeit befürchtet«, meinte sie selbstbewußt und begann Mrs. Bagot hochzuheben, damit sie die Kopfkissen aufschütteln und Mrs. Bagot sich zum Abendessen aufsetzen konnte. Aber diese holte zum Schlag gegen sie aus und begann zu weinen. »Laßt mich allein, laßt mich allein. Warum könnt ihr zwei mich nicht allein lassen?« Dann wimmerte sie noch einmal in einer hohen, seltsamen Stimme, einer künstlichen Stimme: »Laßt mich allein«, und in diesem Augenblick war Martin überzeugt, daß sie nur schauspielerte und daß es das beste wäre, hinauszugehen und sie allein zu lassen, ob sie es nun wirklich wünschte oder nicht. Aber er liebte sie doch. Er starrte sie an und sagte sich, daß es ihm die größte Freude bereitet hätte, sie dort liegen zu sehen, das Neugeborene im Arm, aber auch wenn dem so war, das Gegenteil traf nicht zu – sie dort ohne das Neugeborene im Arm liegen zu sehen, bereitete ihm keinen entsetzlichen Kummer oder dergleichen. Er fühlte sich beschämt, einsam und ungeduldig und sehnte sich danach, ihr zu sagen: »Delia, jetzt hör auf mit dem Unfug und laß mit dir reden.« Er wollte überlegen, freundlich und verständnisvoll erscheinen, aber mit ihrem Gejammer übertönte sie ihn, und da kam er zu dem Schluß, daß sie nur schauspielerte, denn wenn sie nicht schauspielerte und wenn der Kummer, den sie empfand, echt war, dann war es ein übermächtiger Kummer und womöglich unheilbar. Sie werde jeden Tag kräftiger, hatte der Arzt gesagt, und sollte lernen, sich zu beherrschen, andernfalls werde sie ein Nervenbündel. Und es sah ihr überhaupt nicht ähnlich, keine Rücksicht auf ihn zu nehmen oder darauf, wie sehr er selber litt. Es sah ihr ganz und gar nicht ähnlich. Sie war immer so gütig. Er hatte bereits Angst, daß sie nie mehr die alte sein könnte. Am liebsten hätte er sich ans Bett gekniet, sie mit leiser Stimme angesprochen und ihr zu verstehen gegeben, er wisse doch, was sie durchmache, er selbst mache das gleiche durch, und sie gebeten, ihn nicht zurückzuweisen. Aber er fürchtete sich vor ihr, außerdem war Mrs. Knox im Zimmer. Er war hilflos. Er versuchte, sich etwas einfallen zu lassen, um nicht stumm aus dem Zimmer gehen zu müssen, als Mrs. Knox ums Bettende herumtrat und vertraulich seinen Arm berührte, als seien sie Verschwörer.

»Das arme Kind ist ja ganz durcheinander«, sagte sie. »Wir lassen sie eine Weile allein, dann bringe ich ihr was zu essen. Sie gehen jetzt nach unten. Ihr Abendessen habe ich schon angerichtet.«

Delia drehte den Kopf auf dem Kissen um und sah ihn an. »Martin«, sagte sie, »ich bin dir nicht böse.«

Da wäre er am liebsten zu ihr gegangen, aber sofort schaltete sich Mrs. Knox ein. »Wir wissen, daß Sie nicht böse sind, Mrs. Bagot«, sagte sie. »So, jetzt ruhen Sie sich erst mal aus, und ich komme gleich mit dem Tablett zurück.« Sie versetzte Martin einen leichten Stoß, um ihn aus dem Zimmer zu lotsen, und da Delia das Gesicht bereits wieder abgewandt hatte, ging er hinaus und die Treppe hinunter.

Der Schaden schien kein Ende zu nehmen – selbst das Haus sah trostlos aus, und die Möbel wirkten armselig und billig. Sie waren erst vor einem Jahr eingezogen, da hatte alles noch so hübsch gewirkt. Erst vor einem Jahr. Er befürchtete schon, daß Delia sich gegen ihn gewandt hatte. Er hatte Zukunftsvisionen: furchtbare Szenen, Spannungen, ein elendes Leben. Er wünschte, sie könnten noch einmal zurück zu ihren Anfängen und ganz von vorn beginnen, aber die Stelle, wo sie gestanden hatten, wo sie glücklich gewesen waren, war ganz zertrampelt und so verunstaltet, daß es unmöglich schien, sie je wiederherzurichten. Und wie sollten sie sie auch wiederherrichten können, wenn diese eine Erinnerung, die sie hätten teilen sollen, zwischen ihnen stand wie ein Feind und sie zu Feinden machte? Er verbot sich, an das Neugeborene zu denken. Vielleicht würde er die Gestalt des armen, kleinen geschlagenen Bündels, das er auf seinen Armen aus dem Schlafzimmer getragen und das er in der Diele beweint hatte, nie mehr vergessen können, aber er würde sich nicht gestatten, sich auch nur eine Minute damit aufzuhalten. Er wollte Delia, wie sie früher war. Er wollte das Mädchen, das nie zum Schlag gegen ihn ausgeholt oder grob mit ihm umgesprungen wäre. Allmählich sah er ein, daß sie Eigenschaften besaß, von denen er nichts geahnt hatte und nichts wissen wollte. Er dachte: Am besten ruht sie sich aus, dann löst sich der Krampf von selbst. Vielleicht ist sie schon morgen wieder die alte. Er hatte den Einfall, sich Delia das nächste Mal auf Zehenspitzen zu nähern, auf leisen Sohlen, fast ohne zu atmen – ohne jedes Geräusch, das sie erschrecken, überraschen oder gar wecken könnte, in ihre Gegenwart zu treten, so daß er sie wieder so vorfände wie damals, als er ihr zum ersten Mal begegnet war: ruhig, sorglos, beinahe schweigsam, allein, ganz und gar allein, und ganz sein.

Mrs. Bagot sprach die Wahrheit, als sie Martin versicherte, sie sei ihm nicht böse. Es ärgerte sie, daß er der Meinung war, er brauche nur die Arme um sie zu legen, und all ihr Schmerz würde schwinden, aber böse war sie ihm nicht. Nur hatte er sie so fest umklammert, daß sie Angst hatte, das Neugeborene aus den Augen zu verlieren, und diese Angst brachte sie zur Raserei. Das Neugeborene durfte ihr nicht aus den Augen geraten, das war ihr einziger Gedanke, und deshalb hatte sie zum Schlag gegen Martin ausgeholt und ihn angefleht, sie allein zu lassen. Als er aus dem Zimmer ging, wandte sie das Gesicht ab, damit er nicht die Tränen sah, die ihr bereits wieder über die Wangen strömten. Dann schlief sie ein. Als Martin das nächste Mal ins Zimmer trat, schlief sie – sie stellte sich nicht schlafend, wie er argwöhnte, sondern schlief tatsächlich. Falls es jedoch Verstellung war, so war er dankbar für die Verstellung und stahl sich wieder hinaus, nach unten zu seinem Buch.

Mrs. Bagot schlief lange. Als sie erwachte, lag das Zimmer im Dunkeln, und im Haus war alles still. Auch draußen war es still; sie vernahm keinen Laut. Dies war das vordere Schlafzimmer, in dem Martin und sie gemeinsam schliefen. Sie lag in ihrem großen Ehebett. Das Zimmer war ungleichmäßig geschnitten – es gab ein Erkerfenster und in der geraden Wand gegenüber der Tür eine Balkontür. Die Balkontür war angelehnt, und die langen weißen Stores, die sie verhüllten, bauschten sich sanft in einer Brise, die Mrs. Bagot nicht spürte. In der Vorwoche hatte sie sämtliche Gardinen gewaschen und gestärkt, um das Zimmer für die Ankunft des Babys vorzubereiten. Im trüben Schein der Straßenlaterne konnte sie die dunklen Dächer der Reihenhäuser auf der anderen Straßenseite erkennen und hinter den Häusern den Himmel, ein weiches Schwarz. Sie war viel ruhiger als zuvor und befürchtete nicht länger, die kleine Gestalt aus den Augen zu verlieren, die, während sie selbst geschlafen hatte, offenbar viel weiter getrieben war. Ihr Sohn reiste eine weite Strecke, aber sie konnte ihn im Auge behalten. Sie war seine Mutter, und mehr konnte sie für ihn jetzt nicht tun. Das aber konnte sie tun. Sie war schwach, und die Welt schwankte, aber das Licht anderer Tage schien unveränderlich und zeigte die Wahrheit. Sie war nicht länger verwirrt, und als Martin das nächste Mal hereinkam und hoffnungsvoll neben ihrem Bett stand, lächelte sie ihm zu und sprach ihn in ihrer gewöhnlichen Stimmlage an.

Die Quellen der Zuneigung

Delia Bagot starb unerwartet, aber sanft, allein in ihrem Bett, hinter geschlossener Tür, und sechs Jahre später, nach achtmonatiger Bettlägerigkeit, starb auch Martin, ihr Mann, umhegt von einer Pflegerin und seiner siebenundachtzigjährigen Zwillingsschwester Min. Endlich sah sich Min einer Pflicht enthoben, die sie sich selbst auferlegt hatte, nämlich bei ihm zu bleiben, solange er ihrer bedurfte. Jetzt konnte sie zurück nach Hause, in ihre Wohnung in Wexford, und sich wieder in dem Frieden und der Ruhe einrichten, die sie genossen hatte, ehe Delias Tod sie in die Dubliner Vorstädte rief. In die Dubliner Vorstädte und in die Freiheit jenes Hauses, in dem sie in Gedanken so oft umhergewandert war. Fünfzig Jahre lang hatte sie sich in das Privatleben der beiden hineinphantasiert – seit Delia auf der Bildfläche erschienen war und Martin, den geborenen Junggesellen, bezirzt hatte, sie zu heiraten. Diesen Hochzeitstag würde Min nicht so leicht vergessen, die Not und Pein, den furchtbaren Verlust, als sie und ihre Mutter beisammenstanden und ihn betrachteten, den glücklichen Bräutigam, wie er umherstolzierte und bis über beide Ohren grinste, als sei er gen Himmel gefahren. Sie und ihre Mutter und ihre beiden Schwestern, alle drei längst tot, und nun auch Martin. Min dachte an die säuberlich aufgereihten Gräber, eins neben dem andern, als seien dem Erdreich Orden angeheftet worden – das Grab einer Schwester, das Grab einer Schwester, das Grab einer Mutter, das Grab eines Bruders, alle tot, alle gegenwärtig. Und sie fand es angemessen, daß gerade sie am Leben geblieben war, denn von allen war sie die einzige, die der Familie stets die Treue gehalten hatte. Die einzige aus der ganzen Sippschaft, die nicht fortgegangen war und geheiratet hatte. Damit hatte sie sich nie beweisen wollen, sie hatte es nicht nötig gehabt. Sie staunte über das mangelnde Schamgefühl der anderen – wie sie sich zur Schau stellten, Clare und Polly mit ihren Ehemännern und Martin mit der armen Delia, dem armen Ding! Es schien sie nicht zu kümmern, was man von ihnen dachte, wenn sie von der Aufregung angesteckt wurden wie Tiere. Es war widerwärtig, und das schienen sie auch zu ahnen, die Art, wie sie vorgaben, ihre einzige Sorge gelte den neuen Kleidern, die sie tragen, und den Blumen, die sie in ihren eigenen Gärten anpflanzen würden. Und nun war alles vorbei, ebensogut hätten sie sich auch zusammenreißen können, genutzt hatte es ihnen ja doch nichts. Sie aber, immer auf sich allein gestellt, hatte überlebt und konnte ein Resümee ziehen. Es bereitete ihr große Genugtuung, die Endgültigkeit des Todes aufsteigen zu sehen wie eine Sonne. Nicht vielen Menschen wurde diese Genugtuung zuteil, dachte Min. Das Ende von etwas mitzuerleben war nicht viel anders, als den Anfang von etwas mitzuerleben, und wenn man ohnehin nicht daran teilhaben würde, dann war es bei weitem befriedigender, das Ende mitzuerleben. Auf Menschen, die am Anfang standen, konnte man eifersüchtig sein, auf Tote dagegen wohl schwerlich.

Nicht, daß ich je eifersüchtig gewesen wäre, dachte Min. Gott behüte, daß ich mir so engstirnige Gedanken gestatte, aber an dem Tag konnte ich mir nicht helfen, ich mußte Delia verachten, so wie sie dastand und zu Martin aufschaute, als wolle sie jeden Augenblick vor ihm auf die Knie fallen. Wie die sich aufgespielt hat! Wir brachen zu spät zur Trauung auf. Fuhren zu spät los und kamen zu spät an, und alle warteten schon auf uns. Und als es vorbei war, als sie getraut worden waren und wir alle im Garten herumstanden, kam sie auf meine Mutter zugerannt und rief: »Ach, ich hatte ja solche Angst, ihr würdet nicht kommen. Ich befürchtete schon, Martin hätte es sich anders überlegt. Ich dachte, ich würde vor Ungeduld und Sehnsucht platzen. Ich hatte ein solches Verlangen, sein Gesicht zu sehen, und dann, als ich euch vorfahren sah, hatte ich immer noch große Angst, etwas könnte zwischen uns treten. Ich werde nie vergessen, wie ungeduldig ich war – ich kann verstehen, wie leicht es ist, vor lauter Liebe verrückt zu werden.« Und das zu meiner Mutter! »Vor lauter Liebe verrückt zu werden«, sagte sie. Meine Mutter schaute sie nur an, und als sie fortstürmte, ganz von sich eingenommen, wie sie es an dem Tag war, wandte meine Mutter sich um, blickte mich an und sagte: »Min, ich bin eine alte Frau, aber so hab ich in meinem ganzen Leben nicht dahergeredet. In meinem ganzen Leben hab ich nicht so dahergeredet. All die Jahre, die ich nun schon lebe, habe ich mir niemals, niemals erlaubt, irgend jemandem gegenüber solche Gefühle zu hegen, geschweige denn, sie auszusprechen. Bei dem Mädchen stimmt was nicht. Ich kann dir sagen, Martin tut mir leid. Die ist doch nicht ganz richtig im Kopf.«

Min erinnerte sich, daß Martins Hochzeitstag sich hingezogen hatte, mit den unterschiedlichsten Ausblicken und Anblicken, Landstraßen, Feldwegen, Obst- und Blumengärten, Feldern und Bächen und einem Haus voller Zimmer, die sich in der Erinnerung zu vermehren schienen, da sie nur dieses eine Mal dort gewesen war und sich sehr von ihnen angezogen gefühlt hatte – düstere alte Zimmer, die sich den Anschein schlichter, unnachgiebiger Steifheit gaben. Sie war neidisch auf die Art, wie sich die Zimmer einem entzogen, selbst wenn man mitten in ihnen stand.

Mit den Menschen auf dem Land verhielt es sich ebenso – bei aller Freundlichkeit und Offenheit, vieles gaben sie doch nicht preis. Sie waren wie ein fremder Volksstamm, der sich nur an Festtagen in großer Zahl einfindet, dachte Min.

Die Tage vor der Trauung waren eine große Belastung, und Min sagte immer, sie habe nie verstanden, wie sie am Morgen der Hochzeit in Wexford überhaupt aus dem Haus gekommen waren. Hätte nicht Markey mit dem gemieteten Pferdewagen vor der Tür gestanden, sie wären womöglich alle im Haus geblieben und hätten es Martin überlassen, allein den Weg nach Oylegate zu finden. Vielleicht hätte er sich dann eines Besseren besonnen und wäre zu Hause geblieben, wo er hingehörte. Als sie zur Stadt hinausfuhren, mußten sie die Brücke bei Ferrycarrig überqueren. Unter ihnen gurgelte der Slaney dahin und floß so gleichmütig geradewegs in den Hafen, als wäre es ein ganz gewöhnlicher Tag. Und dann die lange Fahrt nach Oylegate! Als sie dort ankamen, erwartete sie schon der Kirchenvorplatz, der eher einer Arena glich als einem Ort Gottes. Und die Kirche selbst, höchst feierlich und gesäumt von Blumen, die so üppig blühten, daß ihre Blütenblätter überzuquellen und die Farben ungehindert durch die Lüfte zu schweben schienen. Min holte tief Atem und füllte ihre Lungen mit Furcht. Die Furcht in ihrer Brust schwoll an – sie spürte, wie sie zu ersticken begann. Es gab keine Luft zum Atmen. Später sagte sie zu ihrer Mutter: »In der Kirche hätte ich beinahe Kopfschmerzen bekommen. Ich dachte schon, ich müßte nach draußen gehen. Es war so stickig da drinnen. Mir ist ganz flau geworden. Ich dachte schon, wir kommen da nie wieder raus.« Polly hörte ihr zu. Polly schien immer im rechten Moment zuzuhören, um einem das Wort im Mund herumzudrehen.

Polly sagte: »Immer erzählst du allen, du hättest noch nie in deinem Leben Kopfschmerzen gehabt. Immer behauptest du, du hättest keine Zeit, Kopfschmerzen zu haben. Die Kopfschmerzen überläßt du uns anderen. Clare und Polly haben Zeit für derlei Unfug, bilden sich ein, zartbesaitet zu sein – das behauptest du doch immer. Und im nächsten Atemzug, immer wenn etwas nicht nach deinem Willen geht, willst du uns weismachen, du hättest *beinahe* Kopfschmerzen bekommen. Wenn du beinahe Kopfschmerzen bekommen hättest, könnte man es deinem Gesicht ansehen. Du leidest an schlechter Laune – mehr fehlt dir nicht.«

»Um Gottes willen«, sagte ihre Mutter, »das ist doch nicht der Zeitpunkt, um einen Streit anzufangen. Wollt ihr uns etwa bloßstellen, wollt ihr, daß sie noch mehr über uns lachen, als sie es ohnehin schon tun?«

Nach der Trauung gingen sie über den Kirchenvorplatz. Min ging voran, sie sah aus, als habe sie es eilig, als habe sie auf der Straße etwas vergessen und wolle danach suchen. In Pollys Stimme hörte sie eine Feindseligkeit, die sie schon den ganzen Tag bedrückt hatte, eine Feindseligkeit, die ihr, als sie zur Stadt hinausfuhren, auch aus den Straßen entgegenschlug, eine unbegreiflich abweisende Feindseligkeit, die ihr von der Brücke bei Ferrycarrig entgegenbrandete, von der Straße selbst und von den Feldern, Bäumen und Cottages, an denen sie vorüberfuhren, ja sogar vom Himmel, so blau und weiß und sommerlich er auch war. Selbst der verträumte Himmel schien zufrieden, sie in der Gemütsverfassung anzutreffen, in der sie sich befand. Min wußte nicht, in welcher Gemütsverfassung sie sich befand. Sie wußte, sie konnte kein Wort sagen, ohne mißverstanden zu werden. Sie wußte, etwas war geschehen, das sie jener natürlichen Billigung beraubte, die sie stets als selbstverständlich angesehen hatte. Erst jetzt bemerkte sie, daß sie ihr fehlte – es war, als habe die ganze Welt sich gegen sie verschworen. Polly mußte ihre Rede eingeübt haben – Polly war sehr gehässig. Aber wo nur hatte Polly diesen Tonfall her, so harsch und herablassend? Plötzlich ist sie ganz selbstsicher, dachte Min. Ich muß mich irgendwie verraten haben. Aber was soll da groß zu verraten gewesen sein? Min wußte, sie hatte nichts getan, das diesen verächtlichen Ton einer jüngeren Schwester rechtfertigte. Sie hatte das entsetzliche Gefühl, bei jemandem in Ungnade gefallen zu sein, den sie noch nie gesehen und der sie noch nie sonderlich gemocht hatte, noch nie, nicht einmal, als sie ein kleiner Wurm war und versuchte, ihrer Mutter mit den jüngeren Kindern zu helfen. Nein, woher diese unpersönliche Abneigung auch herrührte, sie hatte schon ihr ganzes Leben lang auf sie gelauert. Und so wie die Leute sie anstarrten, war klar, daß alle davon wußten. Sie konnte nicht einmal ihrer Mutter über Kopfschmerzen berichten, ohne angegriffen zu werden, als sei sie eine Schurkin. All die guten Noten, die sie in der Schule bekommen hatte, waren vergessen. Alles, was man von ihr noch wußte, war, daß sie sich einen Platz weit über ihrem Stand angemaßt hatte. Sie hatte geglaubt, sich auf den Flügeln ihres Hirns in schwindelerregende Höhen aufschwingen zu können. Niemand nimmt mich so wahr, wie ich wirklich bin, dachte Min; immer haben sie nur mein Scheitern vor Augen. Ich bin um mein Recht betrogen worden, aber lieber sagen sie: Die ist größenwahnsinnig geworden, und Hochmut kommt vor dem Fall. Damit mußte sie sich abfinden. Es gab nichts, was sie zu ihrer Verteidigung vorbringen konnte, und wenn sie schwieg, sprach sie sich selbst das Urteil. Es läßt sich nicht beweisen, daß man keine enttäuschte alte Jungfer ist.

Min erinnerte sich an Martins Hochzeitstag als an jenen Tag, an dem sich in ihrem Leben daheim alles von Grund auf änderte. Nach Martins Heirat war meine Mutter nicht mehr dieselbe, dachte sie, und auch Clare und Polly wurden in jener Zeit rastlos und schwerverträglich, beteiligten sich nicht mehr an den Gesprächen über die Familiengeschicke, die wir immer geführt hatten, sondern unterhielten sich statt dessen darüber, was sie mit ihrem Leben anfangen wollten. Mit *ihrem* Leben – und was war mit dem Familienzusammenhalt, zu dem wir erzogen worden waren? Plötzlich wurden sie ganz selbstsüchtig, und das Haus schien völlig verlassen, als sei Martin gestorben. Nach der Hochzeit kehrte er nur noch als Besucher zurück. Sie wohnten nur um die Ecke, aber es war nicht das gleiche – zu wissen, daß er nicht in seinem eigenen Bett schlief!

Martin war acht Jahre älter als Delia, und da er sie um sechs Jahre überlebte, lagen vierzehn Jahre zwischen ihnen, aber jetzt, wo beide tot waren, kam es darauf auch nicht mehr an. Ebensogut könnten sie auch Hunderte von Jahren auseinander sein, dachte Min voller Genugtuung. Aber es war unwahrscheinlich, daß Martin je irgendeiner anderen Familie hätte angehören können außer seiner eigenen, daß er je hätte Schwestern haben können, die nicht Min und Clare und Polly hießen, oder daß er je eine andere Frau hätte zur Mutter haben können als seine eigene Mutter, die sich für ihn aufgeopfert hatte und dafür nichts anderes verlangte, als daß die Familie zusammenhielt, sich ein Nest baute und eine Mauer um sich errichtete, über die niemand schauen, geschweige denn klettern konnte. Was ihr vorschwebte, war eine Festung, ein regelrechtes Bollwerk, hinter dem sie sich ungestört verbarrikadieren und ihren Halt auf Erden verstärken konnte, denn darauf kam es letzten Endes an – auf einen sicheren Halt und ein Dach überm Kopf. Aber alle Hoffnung schwand, und all ihre Mühe wurde verhöhnt, als Delia Kelly in ihr Leben trat. Sie hat uns zerschmettert, dachte Min, und uns ins Freie gelockt, wo

Blut nichts mehr galt, wo Blut nicht dicker war als Wasser und das einzige Rätsel darin bestand, was er eigentlich in ihr sah. Es war wie das Ende der Welt – zu wissen, daß er einer Außenstehenden auf Gedeih und Verderb ausgeliefert war. Dabei war sie bloß eine Landwirtstochter, auch wenn sie die Klosterschule besucht hatte und als Nachweis einer guten Erziehung die entsprechenden Zeugnisse vorweisen konnte.

Min saß vor dem Gasfeuer in ihrer Wexforder Wohnung und meditierte im Lichte arithmetischer Gesetze über Leben, Schuld und Sühne. Sie zählte die Jahre von vorn und von hinten, addierte und subtrahierte die Fragen und Antworten und kam zu dem Ergebnis, daß die Bilanz zu ihren Gunsten ausfiel. Sie warf einen Blick auf die alte braune Kommode, in der die Zeugnisse lagen, noch immer in dem großen braunen Umschlag, in dem Delia sie aufbewahrt hatte. Min hatte vor, sie zu beseitigen, aber noch nicht sofort. Sie schaute sie gern an – besonders das Zertifikat im Geigenspiel. Seltsam, trotz ihres guten Gedächtnisses hatte sie ganz vergessen, daß sich Delia, als sie Martin kennenlernte, einen bescheidenen Ruf als Musikerin erworben hatte. Einen äußerst bescheidenen Ruf, den sie ohne große Anstrengung erlangt hatte, da ihr jede Chance geboten worden war. In Mins Familie dagegen waren alle Chancen Martin zugeflogen, weil er der Junge war, und als er sein Elternhaus verließ, nahm er ihrer aller Chancen mit. Und verspielte sie, weil er für den Rest seines Lebens nichts tat – schließlich war er ja gebunden und mußte sich abrackern, um Frau und Kinder durchzubringen. Er war zu einem Niemand geworden. Nach all den Hoffnungen, Reden und Plänen hatte er nichts aus sich gemacht. Ein paar Pfund auf der Bank, ein paar armselige Möbel, ein paar Bücher und ein Garten, der noch blühte, obwohl sich seit sechs Jahren niemand mehr darum gekümmert hatte – das war die Summe seines Lebens, mehr hatte er nicht vorzuweisen. Er hätte besser daran getan, an seine Mutter zu denken, zu Hause zu bleiben und sich von seiner Familie ermutigen zu lassen, die ihn in allem, was er tat, unterstützte. Mit seinen Fähigkeiten, seinem Grips und seiner netten Art hätte er alles erreichen können. Ein geborener Anführer wie er, der sich in Gesellschaft immer frei und ungezwungen fühlte, hätte jeden Gipfel erklimmen können. So aber starb er ohne Freunde. Wie sollte er auch Freunde haben, wenn er sich schämte, irgend jemanden zu sich nach Hause einzuladen? Er schämte sich Delias, und er schämte sich des Hauses, vor allem aber wollte er anderen Leuten nicht zeigen, wie unglücklich er war. Darin glich er uns allen, dachte Min, stolz, empfindsam und auf Geheimhaltung bedacht. Delia kam aus ganz anderen Verhältnissen. Das war ein anderer Menschenschlag, grobschlächtiger als wir, Leute vom Land, die es gewohnt sind, bei jedem Wetter im Freien zu sein, zu pflügen, das Heu einzubringen und sich um die Tiere zu kümmern. Die hatten keinen anderen Gedanken im Kopf, als rechtzeitig das Getreide hereinzuholen. Sie versuchten, sich freundlich zu geben, das mußte Min ihnen lassen. Sie durfte nicht ungerecht sein. Aber sie traute ihnen nicht über den Weg, außerdem waren sie über Mutter und sie ganz beglückt, denn Martin war eine gute Partie. Min sah es nicht gern, daß man ihre Mutter oder auch Martin zum Narren hielt, nur weil er nicht wußte, was er tat, als er Delia vom Fleck weg heiratete. Er war verrückt nach dem Mädchen, verrückt vor Verlangen, und ließ allen Anstand fahren. Wie ein Mensch im Fieberwahn. Min konnte nicht umhin, ihn ein wenig zu verachten, als sie ihn so hilflos erlebte. Und dann erlagen auch Clare und Polly der Versuchung. Clare heiratete einen schmuddeligen, heruntergekommenen Kerl, der fast alt genug war, um ihr Vater zu sein, und Polly heiratete einen Handlungsreisenden und bekam ein Kind nach dem anderen, bis ihre Mutter und Min beinahe auf der Straße gelandet wären, so hoch waren die Kosten, die sie ihnen aufhalste. Aber Martin hatte mit alledem angefangen, war so beiläufig aus ihrem Leben verschwunden, als hätte er nur zur Miete im Haus gewohnt.

Es war eine Schande, was passiert war, all ihre Pläne waren zunichte gemacht. Damals waren sie alle arbeiten gegangen – Polly in der Strickwarenfabrik, Clare im Zeitungsladen, Martin im Büro des amtlichen Landvermessers und Min als Damenschneiderin. Von früh an hatte sie geschneidert, ohne sich den Beruf ausgesucht zu haben, und war gut darin gewesen. Jeder bestätigte ihr, zuverlässig zu sein und einen guten Geschmack zu haben. Sobald sie es sich leisten konnte, zog sie mitsamt ihrer Nähmaschine aus dem Wohnzimmer ihrer Mutter in die Räume an der Main Street, wo sie jetzt noch wohnte. Wie auch immer sie darangekommen war, seit nunmehr fast sechzig Jahren hatte sie einen Rechtsanspruch auf diese Räume. Das Haus mochte den Besitzer wechseln, Min blieb darin wohnen. Sie hatte nicht die Absicht, ihre Wohnung aufzugeben, zumal die Miete auch die drei kleinen Dachkammern im dritten, dem obersten Stockwerk des Hauses umfaßte. Sie hatte große Voraussicht bewiesen, indem sie die Kammern schon vor vielen Jahren zum Bestandteil ihres Mietvertrags gemacht hatte. Mittlerweile hatte sie das oberste Geschoß zu einer kleinen Wohnung ausgebaut, provisorisch, aber sehr ansprechend. Wie sich herausstellte, wurde die Wohnung gern von jungen Paaren in ihren ersten Ehejahren bezogen. Und sie hatte noch den Pachtvertrag für das kleine Haus an der Ecke der Georges Street und der Oliver Plunkett Street, wohin ihre

Mutter mit ihnen gezogen war, als sie noch klein waren. Dieses kleine Haus hatte Min auf ihre informelle Art zu zwei Wohnungen umgebaut, aus denen sie Mieteinnahmen erzielte. Außerdem hatte sie ihre Rente und einige Ersparnisse – niemand wußte, wie hoch die waren, obwohl sich viele in Schätzungen ergingen. Einige meinten, sie sei zu gescheit, zu geschäftstüchtig. Der Fleischer unter ihrer Wohnung haßte sie. Ihr war es gleich. Denen würde sie's zeigen. Er konnte in seinem Ladeneingang stehen, ihr entgegensehen, wie sie die Straße heraufkam, und sie böse anfunkeln, soviel er wollte – was scherte es sie! Sie lachte sich ins Fäustchen, wenn sie daran dachte, wie zuversichtlich er beim Kauf des Hauses gewesen war, daß er sie loswerden würde – einfach indem er ihr sagte, sie sei unerwünscht, er benötige das ganze Haus für seine wachsende Familie. Sie würde nicht sterben, nur um es ihm recht zu machen, und es war ihr einerlei, ob sie unerwünscht war oder nicht. Wie vermessen von ihm, sich einzubilden, es mache ihr etwas aus, ob sie unerwünscht war oder nicht! Er hatte sogar die Frechheit besessen, ihr zu sagen, er und seine Frau hätten die größte Hochachtung vor ihr. Min kannte seine Frau zwar nicht, wohl aber die Familie, der sie entstammte. Leute dieses Schlages brauchte man gar nicht erst näher kennenzulernen, um zu wissen, was es mit ihnen auf sich hatte und was ihre »Hochachtung« wert war. Dem Fleischer sagte sie ins Gesicht, er solle sie in Frieden lassen. Sie würde sich nicht von der Stelle rühren. Natürlich wäre es hübsch bequem für ihn, wenn er nach Ladenschluß nur nach oben zu gehen brauchte, um sein Abendessen einzunehmen, aber auf diese Bequemlichkeit konnte er lange warten. Ein schmales Tor neben seinem Ladeneingang führte zu einer überdachten Passage, und dort, an der Giebelwand, befand sich ihre Eingangstür, so separat, wie man es sich nur wünschen konnte. Sie hatte es sehr gemütlich. Die Wohnung war hübsch eingerichtet. Sie war gern allein in ihrer Wohnung, wenn Haus- und Wohnungstür verschlossen waren und das Gasfeuer brannte – die elektrische Leselampe über der Schulter, ein fesselndes Buch in der Hand und die Tageszeitung griffbereit, falls sie sie noch einmal überfliegen wollte. Und sie hatte Delias kleine Fußbank, um die Füße hochzulegen. Es grenzte an ein Wunder, wie sich am Ende alles ausgeglichen hatte, dachte sie. All die Jahre über hatte sie sich die Füße wundgelaufen, auf und ab und hin und her, war ihren Pflichten nachgekommen und hatte sich an die Lebensregeln gehalten, die sie kannte, und genau an der Stelle, wo ihre Straße endete, hatten ihre Füße innegehalten – hier in diesem Zimmer, wo sie alles um sich versammelt hatte und wo alles an seinem Platz stand. Ihre Mutter hatte immer gesagt, Min sei diejenige, die Flagge zeige, was auch geschehe. Min hatte sich nie damit begnügt, die Hände in den Schoß zu legen, aber jetzt war sie ganz zufrieden, untätig dazusitzen. Wenn sie sich im Zimmer umsah, merkte sie, daß sie gute Arbeit geleistet hatte. Bis zu diesem Augenblick hatte sie nicht gewußt, daß gute Arbeit geleistet zu haben eine Würde verleiht, auf der sich gut ausruhen läßt.

Das Zimmer, in dem sie jetzt vor dem offenen Kamin saß und wo sie fast ihre ganze Zeit verbrachte, hatte ihr früher als Arbeitsraum gedient. Es war das Vorderzimmer, nahm die gesamte Länge des schmalen alten Hauses ein und wies eine hohe Decke und drei hohe Fenster auf. Die Fenster waren mit einem dünnen blauen Stoff verhängt. Wenn sie abends die Vorhänge zuzog, konnte sie durch einen Spalt das nächtliche Dunkel sehen. Min störte sich nicht daran. Oft machte sie sich nicht einmal die Mühe, sie zuzuziehen, sondern ließ sie offen. Das Haus gegenüber bestand ausschließlich aus Büroräumen und war nachts wie ausgestorben, außerdem, sagte sie sich, hatte sie nichts zu verbergen … Daß sie nichts zu verbergen hatte, war nur so dahingesagt: Eigentlich meinte sie, daß sie keine Angst hatte, allein zu sein, wenn die Fenster die Nacht einließen.

In die Wand, die den drei Fenstern gegenüberlag, waren drei Türen eingelassen. Durch zwei gelangte man in die beiden kleineren Zimmer der Wohnung, die mittlere führte auf den Flur. Eines der beiden kleineren Zimmer war ihr Anproberaum gewesen, dort hing noch der hohe, goldgerahmte Spiegel. Inzwischen diente es Min als Schlafkammer, auch wenn sie immer häufiger auf der schmalen Doppelbettcouch in ihrem großen Zimmer nächtigte. Das Gasfeuer brannte fast ständig, so daß es in dem großen Zimmer nie kalt war. Sie sehnte sich nach Wärme. Das Klima von Wexford erschien ihr milder als das von Dublin, und an den Erkältungen, die sie immer häufiger plagten, gab sie den sechs Jahren des Zusammenlebens mit ihrem Bruder schuld. Über ihrem Wollpullover trug sie zwei Strickjacken, manchmal noch ein Schultertuch. Bei der äußeren Strickjacke schloß sie nur den obersten Knopf, die innere Strickjacke machte sie von oben bis unten zu. Ihr Pullover hatte lange Ärmel, und so trat sie mit dick wattierten Armen in Erscheinung, die an den Handgelenken in drei abgetragenen Rändern endeten – im Grün des Pullovers, im Beige der inneren Strickjacke und im fleckigen Braun der äußeren Jacke, die aus sehr dicker Wolle im, wie Min es nannte, Aran-Muster gestrickt war. Auch ihre Hände waren fleckig, braun auf rosa, und sie hatte sehr kleine gelbe Fingernägel, die stets kurzgeschnitten waren. Sie war sehr schmal und dünn, aber nur leicht gebückt, und auf der Straße schritt sie aus, ohne zu zögern. Jeden Tag verließ sie das Haus, um sich eine Zeitung und Lebensmittel zu kaufen. Brot, Milch, mitunter eine Scheibe gekochten

Schinken oder eine Tomate. Sie aß gern hartgekochte Eier. Im Gehen nickte sie nur wenigen Menschen zu, und nur wenige Menschen sprachen sie an. Sie war eine winzige alte, in Schwarz gekleidete Frau, die auf dem Kopf einen abgerissenen Hut trug, den sie selbst angefertigt und mit einem Augenschleier verziert hatte.

Sie las recht viel, wobei sie sich aufmerksam in das schwache Licht der Lampe zurücklehnte, die sie von Delias Nachttisch mitgenommen hatte. Bevor sie sich die Lampe besorgt hatte, war sie auf eine nackte Glühbirne angewiesen gewesen, die in eine Fassung in der Mitte der Zimmerdecke geschraubt war. Sie war sehr sparsam – die Angewohnheit strenger Wirtschaftlichkeit hatte sie nie abgelegt, ja es machte ihr Spaß, mit den Pfennigen zu fuchsen. Sie hatte kein großes Vermögen angehäuft, aber was ihr Spaß machte, war das Anhäufen selbst – zuzusehen, wie ihr Reichtum wuchs. Sie beurteilte die Menschen nicht danach, was sie aus ihnen herausschlagen konnte, sondern danach, was sie ihr abknöpfen würden, wenn sie ihnen Gelegenheit dazu gäbe. Sie hatte keine Neigung zum Tratschen. Den Leuten brachte sie nur in dem Maße Abneigung oder Haß entgegen, wie sie sie an einen bestimmten Typus oder Menschenschlag erinnerten. »Oh, ich *hasse* diesen Menschenschlag«, sagte sie dann etwa, oder: »Oh, das ist wirklich kein netter Menschenschlag.« Grimassen oder Gesten, ein Augenzwinkern oder ein Kopfnicken, mit denen sie gespieltes Entsetzen, gespielte Schüchternheit, gespielte Verärgerung und gespielte Frömmigkeit andeutete, gehörten zu ihrem Repertoire, ebenso eine Sammlung sarkastischer oder humoristischer Wendungen, die sie in ihrer Jugend nützlich gefunden hatte. Aber sie begegnete nur wenig Menschen.

Als das Zimmer noch ihr Arbeitsraum gewesen war, hatte sich das Mobiliar aus Nähmaschinen, Bügelbrettern und Regalen zusammengesetzt, in der Mitte des Zimmers stand der große Zuschneidetisch, der mit einem Wust von Modebüchern, Schnittmustern, Teetassen, Scheren, Stoffstreifen und -fetzen überhäuft war und stets aufs neue abgeräumt werden mußte. Auf dem Fußboden breitete sich ein Wirrwarr aus Zwirnsfäden und Stecknadeln aus. Ganze Berge von Farbe, ganze Felder von Gewebestruktur lagen in Mins Zimmer, versunken unter der schalen, gezeitenlosen Ruhe ihres Lebensabends. Das Gasfeuer glühte rot und orange – ihr einziger Luxus. Der Fußboden war mit einem geblümten Teppich, einst das Glanzstück von Delias vorderem Wohnzimmer in Dublin, ausgelegt und der Raum mit Mins Erinnerungsstücken eingerichtet – Delias Büchern, Martins Büchern, Delias niedrigem Sessel, Martins Ohrensessel. Sie besaß Delias Nähkorb und Martins gerahmte Dubliner Straßenkarte. Am vierten Finger ihrer linken Hand trug sie Martins Ehering. Sie hatte ihn von der Hand des Toten abgestreift. Hatte sich vorgemacht, ihn vor Grabräubern retten zu wollen.

Wenn sie die Augen von ihrem Buch hob, konnte sie am Ende der schmalen Seitenstraße den Himmel über dem Hafen sehen, und wenn sie aufstand und ans Fenster trat, das Wasser selbst. Unter ihren Fenstern lag die Main Street. Die Straßen von Wexford sind sehr eng, eher gekrümmt als gewunden. An einigen Stellen ist die Main Street eben breit genug, daß ein Auto hindurchpaßt, und der Gehsteig schrumpft auf die Breite einer Planke zusammen. Dauernd kommen Kinder entlanggehüpft, einen Fuß auf der Straße, den andern auf dem Gehsteig, andere sausen und flitzen in verschlungenen Mustern zwischen den langsam fahrenden Rädern und Autos hindurch. Es ist ein müdes, verwinkeltes Städtchen mit einfachen, nicht zueinander passenden Häusern, die von der Sonne farbig getrocknet und vom Regen farbig gespült werden. Wexford hat nichts Düsteres. Die Sonne kommt ganz nah an die Stadt heran und scheint bisweilen inmitten der Häuser aufzugehen. Der Wind streut Samenkörner gegen die Mauern und in die Dachrinnen, so daß man, wenn man aufblickt, zwischen sich und dem Himmel Ringelblumen blühen sieht.

Mins Vater war um einiges älter gewesen als ihre Mutter Bridget und konnte weder lesen noch schreiben. Vor seiner lebhaften, aufbrausenden Frau, die mit ihren Kindern Dickens, Scott und Maria Edgeworth las, verstummte er. Er hielt sich mit Gelegenheitsarbeiten über Wasser, wenn er denn welche bekommen konnte. Sein Lebenstraum bestand darin, sich sein Geld mit dem Export von Schweinen auf den englischen Markt zu verdienen, und einmal gelang es ihm zu jedermanns Überraschung, genügend Geld aufzutreiben, um ein paar Schweine zu kaufen und einen Koben zu mieten, in dem er sie unterbringen konnte. Er merkte sogleich, daß der Besitz der Borstentiere ihn automatisch mit einem Grüppchen gleichgesinnter Amateure in Kontakt brachte, die zusammentrafen, um ernste Gespräche über ihre Tiere, ihre Ambitionen, Hoffnungen und Chancen zu führen. Die Schweine waren jung und hübsch, rosig und gesund, und sehr gefräßig. Es machte ihm großen Spaß, sie zu füttern, und das Ausmisten störte ihn nicht. Er sprach davon, wie reinlich, wohlerzogen und freundlich sie waren. Er staunte über die Art, wie sie die Schnauzen bewegten, und fand, daß ihre großen runden Nasenöffnungen sehr natürlich und gar nicht »schweinisch« wirkten. Er schaute ihnen gern zu, wie sie die Köpfe hoben und mit ihren winzigen Äuglein zu ihm aufsahen, als wären sie blind. Über Schweine seien eine Menge Lügen im Umlauf, meinte er. Ihre Grunz- und

Quieklaute deutete er als Koseworte, die ihm galten, und nach ein, zwei Tagen erzählte Bridget den Kindern, ihr Vater sei ausgezogen, um bei den Schweinen zu hausen. »Seine Schweine mag er lieber als die eigenen Kinder«, sagte sie. Er mochte die Schweine tatsächlich. Er hatte gern ein eigenes Plätzchen außerhalb des Hauses, wohin er sich zurückziehen konnte. Er hielt sich für einen Geschäftsmann und begann, seinen Kindern zuzulächeln, als hüte er ein kleines Geheimnis vor ihnen. Martin führte ihm seine Bücher und notierte die Anzahl der Schweine, den Preis, den er für sie entrichtet hatte, und den Preis, den er zu erlösen hoffte. Einmal suchte Martin den Koben auf und sah sich die Schweine an. Ein zweites Mal durfte er nicht hin. Bridget sagte, ein Irrer in der Familie sei genug. Martin weinte und erwiderte, er wolle einen Hund haben. Er hätte es besser wissen sollen. Hunde oder Katzen wurden im Haus nicht geduldet. Bridget argumentierte, sie habe genug damit zu tun, die Mäuler ihrer Kinder zu stopfen.

Es dämmerte der große Tag heran, an dem die Schweine verkauft werden sollten. Bevor irgendeiner von ihnen erwachte, war ihr Vater bereits aus dem Haus gegangen, und erst lange nach ihrer eigentlichen Schlafenszeit kam er wieder zurück. Sie waren noch nicht im Bett. Sie waren aufgeblieben. Als er hereinkam, saßen alle um den Küchenherd und warteten auf ihn. Sie hatten ihn durch die Passage und den Seiteneingang in der Georges Street hereinkommen hören und folgten den Anweisungen ihrer Mutter, sich mucksmäuschenstill zu verhalten, damit er glaubte, sie lägen schon im Bett. Erst in der Tür sah er sie und blickte überrascht und nicht sehr erfreut drein. Dann steckte er die Hand in die Brusttasche, holte das in braunes Papier eingeschlagene Geld hervor, ging zum Küchentisch und legte es hin.

»Hier ist das Geld«, sagte er zu Bridget. »Blutgeld.«

Er sah ganz durchfroren aus, doch statt sich an den Herd zu stellen, um sich aufzuwärmen, setzte er sich an den Tisch, stützte die Ellbogen auf und legte den Kopf in die Hände.

»Was soll das Theater?« fragte Bridget. »Was ist los mit dir? Vor den Kindern von Blutgeld zu reden! Antworte gefälligst!«

»Ich bin nicht besser als ein Mörder«, antwortete er. »Den Ausdruck in ihren Augen werde ich mein Leben lang nicht vergessen. Ich hätte sie nicht verkaufen sollen. Gestern lag ich die ganze Nacht wach und habe darüber nachgedacht, wie ich sie behalten kann, und nachdem ich sie verkauft hatte, habe ich den ganzen Tag darüber nachgedacht, ob ich sie nicht irgendwo hätte verstekken können, wo niemand sie vermutet – so sehr waren sie mir ans Herz gewachsen. Sie haben mich erkannt, wenn sie mich sahen.«

Bridget stand auf, ging zum Tisch, nahm das Geld an sich und stopfte es in ihre Schürzentasche. Sie war eine kleinwüchsige, füllige, kräftige Frau mit runden blauen Augen und glattem schwarzem Haar und stolz darauf, daß sie dafür bekannt war, ihre Meinung freiheraus zu äußern. Sie war stolz, verschlagen, argwöhnisch und findig, und was ihren begriffsstutzigen, stotternden Mann anging, so kannte sie kein Mitleid. Sie wollte nicht, daß die Kinder so wurden wie er. Sie wollte nicht, daß sie mit ihm zusammen gesehen wurden. Sie wollte nicht, daß sie hinter ihm hertapsten. Sie hatte es längst aufgegeben, verstehen zu wollen, was ihn zurückhielt und so zugleich sie alle hemmte. Heute abend jedoch wurde ihr zum ersten Mal klar, daß er die Schweine zum Vorwand nehmen würde, in den kommenden Wochen, ja Monaten gar nichts zu tun. Es wäre zum Lachen gewesen, hätte sich seine Faulheit nicht so negativ auf die Kinder ausgewirkt. Aber im Haus war er für sie von Nutzen – als schlechtes Vorbild. Die Kinder fürchteten sich beinahe ein wenig vor ihm, da sie Angst davor hatten, von seinem Pech mit verfolgt zu werden. Sie schämten sich seiner. Min glaubte, an seiner Art zu reden könnten die Leute merken, daß er nicht lesen oder schreiben konnte. Vielleicht war das die große Anziehung, die zwischen ihm und den Schweinen bestand. Dauernd schien er um Aufschub zu betteln, bis seine Rede sein Gedächtnis endlich einholte, und nie schien er zu irgendeiner Art Selbsterkenntnis gelangt zu sein. Dauernd schien er sich umzublicken, als könnte ein anderer ihm zu dieser Selbsterkenntnis verhelfen und ihm davon berichten.

Als er an jenem Abend nach dem Verkauf der Schweine verspätet zurückkam, war er so beunruhigt, daß er vergaß, den Hut abzunehmen. Den Hut trug er, solange die Kinder zurückdenken konnten, und Bridget erzählte ihnen, sogar bei ihrer ersten Begegnung habe er ihn aufgehabt. Sie sei von dem Hut so beeindruckt gewesen, daß sie ihren Vater selbst zunächst kaum wahrgenommen habe. Es war ein großer, breitkrempiger schwarzer Hut, ein äußerst distinguiert wirkender Hut, auch wenn er inzwischen eher seiner Schäbigkeit wegen ins Auge stach. Mit den Jahren war er grün geworden, und als ihr Vater an jenem Abend, das Gesicht in die Hände gestützt, am Tisch saß und um seine Schweine trauerte, war das Grün im Lampenschein deutlich zu sehen. Er ging nie aus dem Haus, ohne zuvor seinen Hut aufgesetzt zu haben. Er und der Hut waren unzertrennlich. Er war auf ihn angewiesen, und wenn die Kinder auf der Straße ihrem Vater nicht begegnen wollten, waren sie darauf angewiesen, rechtzeitig den Hut zu erspähen. Als Bridget das Geld sicher in ihrer tiefen Tasche verwahrt hatte, streckte sie die Hand aus und riß ihrem Mann den Hut vom Kopf. »Hab ich dir nicht gesagt, du sollst den Hut nicht im Haus tragen?« rief sie.

Verwirrt sah er sie an, dann stand er auf und griff nach dem Hut. »Gib mir meinen Hut zurück«, sagte er und blickte sie an, als wolle er jeden Augenblick lächeln.

Min haßte dieses schwache, tölpelhafte Lächeln ihres Vaters. Auch Martin lächelte manchmal so – um zu beweisen, daß er etwas begriffen hatte, das er in Wirklichkeit gar nicht begriffen hatte. Neben ihrer Mutter nahmen Martin und ihr Vater sich fast wie Feiglinge aus, fand sie. Sie wünschte, ihre Mutter würde ihrem Vater den Hut ins Gesicht schleudern, damit er endlich fortging. Sie wünschte, alles könnte anders sein – keine Schweine, kein alter Hut, kein Zank und keine Ränke. Sie wünschte, ihre Mutter hätte ihrem Vater den Hut nicht vom Kopf gerissen. Sie mochte es nicht, wenn ihre Mutter einen Streit vom Zaun brach, und manchmal kam es ihr vor, als sei ihre Mutter immerzu am Streiten. Bisweilen ging sie sogar aus dem Haus, ging zu jemanden, über den sie sich geärgert hatte, und suchte dort Streit. Danach kam sie zurück und erzählte den Kindern, wer was gesagt hatte.

Einmal kam Bridgets Schwester Mary ins Haus gestürmt. Bridget und Mary haßten sich. Sie fingen einen Streit an, und dann begannen sie, aufeinander einzuschlagen. Bridget schlug am festesten zu, und Mary floh aus dem Haus, gefolgt von ihren kreischenden Kindern. Martin und Min sahen alles mit an und bescheinigten ihrer Mutter großen Mut, aber Angst hatten sie doch. Jedesmal, wenn Bridget ihnen den Verlauf der Schlacht schilderte, endete sie mit dem Satz: »Und da war meine Schwester Mary, und ihr kostbares Blut strömte ihr übers Gesicht.« Min verachtete ihren Vater, aber sie hoffte doch, daß ihre Mutter ihn nicht schlagen würde. Sie wollte nicht mitansehen müssen, wie ihm sein kostbares Blut übers Gesicht strömte. Sie begann zu weinen, und als Clare und Polly ihre furchterregende ältere Schwester weinen sahen, begannen sie ebenfalls zu weinen. Martin stand auf und bettelte: »Gib ihm den Hut, Mama, gib ihm seinen Hut!« Dann begann auch er zu weinen und trat auf der Stelle, als sei er drauf und dran, mit jemandem um die Wette zu laufen.

»Du ängstigst die Kinder noch zu Tode«, erklärte ihr Vater, und diesmal klang es, als wüßte er, wovon er sprach. »Gib mir auf der Stelle den Hut. Ich gehe aus. Ich gehe.« Und er grapschte nach dem Hut, den Bridget hinter ihrem Rücken hielt.

Da holte sie zum Schlag aus. »Komm mir bloß nicht mit solchen Sperenzchen, ich warne dich!« schrie sie. Aber er wich ihr aus und griff hinter sie, um den Hut an sich zu reißen, dann hastete er aus der Küche, und sie hörten die Tür zur Georges Street hinter ihm zuschlagen.

An diesem Abend kam er nicht wieder nach Hause, doch schon am Morgen saß er wie gewöhnlich am Küchentisch, und Bridget stellte ihm seinen Tee hin. Die Kinder blickten sich nach dem Hut um. Er war an seinem üblichen Platz auf dem Schrank neben der Tür, die in den Hof führte. Ihr Vater pflegte den Hut immer abzusetzen und mit einer schwungvollen Gebärde auf den Schrank zu schleudern. Wann immer er von draußen hereinkam, schleuderte er den Hut hinauf, als wolle er die Wand grüßen. Und wenn er ausging, hob er mit einer schwungvollen Gebärde den Arm, um nach dem Hut zu greifen und ihn sich auf den Kopf zu setzen, oft ohne auch nur einen Blick darauf zu werfen. Eines Nachmittags, als sie nach der Schule alle in der Küche versammelt waren, beschloß Bridget, ihrem Mann einen kleinen Streich zu spielen, einen Schabernack. Sie sagte, er brauche ohnedies einen neuen Hut, und eine Mütze werde ihm besser stehen. Eine Mütze werde ihn besser vor dem Regen schützen – eine schöne dunkelblaue oder dunkelgraue Mütze. Mit dem Hut sehe er zum Schreien aus, es sei Zeit, ihn endlich loszuwerden. Wenn er ihn erst einmal los sei, werde er sich freuen und ihnen allen danken, aber es habe keinen Zweck, ihn dazu überreden zu wollen, ihn selbst wegzuwerfen – er werde doch nur nein sagen. Er könne allem die Treue halten, selbst einem alten Hut. Schaut euch an, wie er sich bei den Schweinen angestellt hat. Er sei nicht imstande, mit den eigenen Gefühlen fertig zu werden, das sei seine Schwäche. Es gebe nur ganz bestimmte Dinge, denen ein Mensch die Treue halten könne, aber das wisse er nicht. Sei der Hut erst einmal verschwunden, werde er ihn bald vergessen, es sei eine Schande, ihn mit diesem Scheusal von Hut herumlaufen zu sehen. Sie habe da einen Einfall. Sie würden den Hut herunterholen, die Krone aus der Krempe herausschneiden, den Hut danach wieder auf den Schrank legen und abwarten, was geschähe, wenn er ihn bei seinem nächsten Gang herunterhob. Sie holten den Hut herunter, und Bridget schnitt die Krone ab, ließ jedoch einen dünnen Veloursstreifen – kaum mehr als einen Faden – stehen, damit die beiden Teile des Huts zusammenhielten, wenn ihr Vater ihn auf den Kopf setzte. Es kam genau so, wie sie es erwartet hatten – die Krempe fiel dem Vater ins Gesicht und hing ihm um den Hals. Er hob die Hände und befühlte Gesicht und Hals, um herauszufinden, was passiert war, dann setzte er den Hut ab und betrachtete ihn.

»Wer war das?« fragte er.

»Wir alle«, antwortete Bridget.

Er hielt den Hut in die Höhe und betrachtete ihn abermals. »Der ist im Eimer«, sagte er, schien aber gar nicht böse – nur verwirrt. Dann ging er, den Hut in der Hand, aus dem Haus, und es wurde nie wieder davon gesprochen.

Nicht lange danach suchte Bridget einen Bekannten auf, der bei Vernon's in der Main Street arbeitete. Dieser war ihr beim Ratenkauf einer Nähmaschine behilflich, und sie brachte sich das Kleidernähen bei. Min war die einzige, die ihre Mutter unterstützte, und so war sie zu lebenslänglichem Nähen verurteilt. Dabei hatte sie alles darangesetzt, aufs College zu gehen und Lehrerin zu werden. Min wollte unterrichten. Sie wollte in der Stadt zu Ansehen kommen, zur Schriftführerin verschiedener Vereinskomitees aufsteigen und mit bedeutenden Persönlichkeiten, die nach Wexford kamen, zusammentreffen. Sie wollte, daß Mütter und Väter ihr mit Respekt begegneten, weil sie deren Kinder unter ihrer Fuchtel hatte. Statt dessen lernte sie, eine Nähmaschine zu bedienen und nach Schnittmustern zu nähen, und das einzige Vereinskomitee, dem sie je angehörte, war das Einerkomitee, das sie in ihrer Wohnung in der Main Street ins Leben rief. Ihrer Meinung nach hätte sie bessere Chancen gehabt, wenn ihr Vater mit den Schweinen Ernst gemacht hätte, wenn er gelernt hätte, seine Gefühle zu beherrschen, und sie ihm mehr bedeutet hätte. Aber alle Chancen waren Martin vorbehalten, weil er der Junge war, weil er am meisten auf dem Kasten hatte und ihre einzige Hoffnung verkörperte, sich aus der Armut hochzuarbeiten, in der sie lebten. Er machte seine Sache gut und begann gerade, gesunden Geschäftssinn zu beweisen, als er alles sausen ließ, nur um zu heiraten. Die beste Phase ihres Lebens endete an dem Tag, als Martin Delia kennenlernte. Min erinnerte sich noch gut an die Abende, an denen sie alle beisammensaßen und sich miteinander unterhielten, manchmal bis nach Mitternacht. Damals waren sie glücklich: Sie gingen alle arbeiten und hatten abends so viel zu erzählen, daß sie nicht wußten, wo beginnen und wo enden. Clare brachte ihnen immer Neuerscheinungen, Tageszeitungen und

Wochenblätter zum Lesen mit, die sie im Zeitungsladen stibitzt hatte. Polly und Martin waren der Laienspielgruppe beigetreten und ständig zu Proben und Aufführungen unterwegs. Sie begannen, sich kenntnisreich über Kulissen, Kostüme, Dialoge und Prospekte zu unterhalten. Bald redeten sie nur noch von Theaterstükken und Schauspielerei. Sie kannten sämtliche Programme im voraus und waren bestens informiert über Konzerte, Inszenierungen und Wettbewerbe, die stattfanden – nicht nur in Wexford, sondern auch in Dublin. Min fand, daß die Zukunft viel interessanter war, wenn man wenigstens teilweise wußte, was auf einen zukam. Dauernd fand irgend etwas statt, und es war angenehm, sich als Teil des Geschehens zu fühlen. Auf der Straße legten die Leute Wert darauf, die Bagots zu grüßen. Inzwischen hatten sie sogar ein Klavier, zwar gebraucht, aber gut in Schuß. Es hatte dieselbe Form wie ihr winziges Wohnzimmer und nahm die Hälfte des Raums in Anspruch. Sie wechselten sich darin ab, Melodien zu klimpern, aber Clare war den anderen gegenüber im Vorteil, da sie bei der Tochter einer deutschen Familie, die vorübergehend in der Straße wohnte, einige Stunden Unterricht genommen hatte. Die Deutschen verstanden was von Musik – das mußte man ihnen lassen. Nur noch ein paar Klavierstunden mehr, und sie hätte eine passable Begleiterin abgegeben, fand Clare. Sie alle sangen gern – das hatten sie von Bridget. Ab und zu fuhr Martin allein nach Dublin, nur für eine Nacht, und immer brachte er irgend etwas Neues mit – ein Liederblatt oder ein Buch. Jedesmal ging er ins Konzert oder ins Theater, oder er hörte sich einen Vortrag an.

Martin und Polly spielten gern Szenen durch, dabei setzte sich Min immer hinter sie und ahmte ihre Gesten nach, bis ihre Mutter sagte, sie schaue sich lieber Min an als das Stück selbst. Min war froh, daß sie eine Möglichkeit gefunden hatte, sich am Spaß zu beteiligen. Ihre Stimme war nicht so kräftig wie die der anderen, und ernsthaftes Theaterspiel ging über ihr Vermögen.

In gewisser Hinsicht war es schade, daß ihr Vater nicht mehr da war, um ihren Wohlstand mitzuerleben, aber andererseits war es ganz recht so, er hätte ihnen ja doch nur alles verdorben – nicht, daß er es böse meinte, er konnte einfach nicht anders. Min erinnerte sich daran, wie irritierend es war, wenn er bei ihnen herumirrte – wie Banquos Geist. Und er ging ihrer Mutter auf die Nerven, da alle wußten, daß er nicht ein Wort von dem begriff, worüber sie sich unterhielten. Aber er hatte einen friedlichen Tod gehabt. Bestimmt war er froh gewesen, für immer davonzugehen. Er war sich und den anderen nur zur Last gefallen.

Min erinnerte sich daran, wie tapfer und freundlich Martin gewesen war, als er seine Mutter nach Vaters Tod getröstet hatte, und sie konnte nicht begreifen, wie er so rücksichtsvoll mit ihr umgehen, all die Versprechen abgeben und sich derart verstellen konnte, um sich dann bei der erstbesten Gelegenheit aus dem Staub zu machen und sie alle im Stich zu lassen. Sie hatte immer gesagt: »Ich komm auch ohne Mannsbilder aus. Die bringen mehr Ärger und Verdruß, als sie's wert sind.« Aber Martin in ihrem Leben zu haben, das hatte ihr gefallen. Sie mochte es, wenn er sich zu ihrem Arbeitsraum in der Main Street hinaufstahl, vor der Tür stehenblieb und rief: »Es ist ein Mann im Haus. Wirst du mich einlassen, Min?« Und dann stand er draußen und riß Witze, während die Frauen mit gespieltem Entsetzen umhertrippelten und sich rasch etwas überwarfen. Die Frauen stichelten sie immer wegen ihres gutaussehenden Bruders und fragten sie, ob sie nicht Angst habe, irgendein Mädchen könnte ihn ihr ausspannen. Und Min antwortete immer, Martin habe eine viel zu hohe Meinung von seiner Mutter, um je von zu Hause fortzugehen.

»Er ist seiner Mutter treu ergeben«, sagte sie immer. Dabei senkte sie den Blick auf eine Weise, die zeigen sollte, daß Martins Ergebenheit von geradezu geheiligten Ausmaßen war und ihre bloße Erwähnung Schweigen im Raum gebot. Schweigen oder wenigstens ein Ende dieses liederlichen und aufdringlichen Geredes.

»Martin hat keine Zeit, sich herumzutreiben«, sagte sie zu einer Kundin, die sie allzu anzüglich geneckt hatte.

»Ach, Min, Sie sind eine richtige alte Jungfer«, entgegnete die Kundin. »Eines schönen Tages wird Martin sie alle noch einmal überraschen. Ein Mädchen wird kommen und sein Herz im Sturm erobern. Warten Sie's nur ab.«

Min erzählte ihrer Mutter von dieser Bemerkung. »Hör nicht auf sie, Min«, sagte Bridget. »Martin ist kein Dummkopf. Er weiß, wann es ihm gutgeht. Er hat es viel zu bequem, um je von zu Hause fortzuwollen. In seinen Gewohnheiten ist er so festgefahren wie ein Vierzigjähriger. Martin ist ein geborener Junggeselle.«

Doch ehe sie sich's versahen, war Martin verheiratet und aus dem Haus. Und dann brannte Polly mit dem Handlungsreisenden durch, einem Protestanten, und es stellte sich heraus, daß er das Reisen leid war und sich häuslich niederlassen wollte. Aber das sagte ihm auch nicht zu; er brachte es zu nichts. Und auch Clare heiratete einen Protestanten, einen alten Knacker, der sich seinen Lebensunterhalt mit Kaninchenfang verdiente. Er kam immer ins Haus spaziert, als gehöre es ihm, von seiner Hand hingen die Karnickel herab, und das Blut tropfte auf Bridgets sauberen Fußboden.

Min verstand nicht, wie die Dinge so schnell und leise zu Ende gehen konnten. Es war, als hätte ihnen jemand einen bösen Streich gespielt. Ordnung, Sparsamkeit, Bücher und Gesang hatten ein Ende, und das Haus schien von abscheulichem Durcheinander und Lärm erfüllt. Wohin man auch blickte, sah man Clares Mann mit seinen toten Kaninchen und seiner stinkenden Pfeife oder Pollys Kinder, die ständig um eine Tüte Bonbons bettelten, auf die Toilette wollten oder hinfielen, so daß sie kreischend aufgehoben werden mußten. Ausstehen konnte sie keinen von ihnen, sie ertrug ihren Anblick nicht. Und dann zog Martin im Zorn nach Dublin und behauptete, seine Mutter gönne Delia keinen Augenblick Ruhe, Delia könne in diesem Haus nicht leben, und in Wexford gebe es ohnehin keine Zukunft. Bridget sagte immer, Delia habe Martins Leben ruiniert, und Min stimmte ihr zu und ergänzte, Delia habe ihrer aller Leben ruiniert. Sie waren ein eingespieltes Team gewesen, bevor Delia auf der Bildfläche erschien. Wenn ein Paar heiratete, zog es sich angeblich zurück und schloß die Tür vor der Welt, aber in ihrer Familie, fand Min, heirateten sie und ließen alle Welt ins Haus, so daß man keine ruhige Minute mehr hatte und keinen vernünftigen Gedanken fassen konnte. Was für ein Getöse diese Ehen machten – was für einen Lärm, Aufruhr, Aufwand und Streit! Sie fand es furchtbar, daß Geschwister einem mit Geschichten, die überhaupt nichts mit einem zu tun hatten, das Leben schwermachen konnten. Sie hatte das Gefühl, sie alle zerrten an ihr, und zu allem Überfluß schlug Mutter sich auch noch auf ihre Seite.

Als Min nach Martins Tod nach Wexford zurückkehrte, ihre Wohnung ausräumte und sich mit ihren Neuerwerbungen einrichtete – Delias Sachen, Martins Sachen, ihren Hochzeitsmöbeln, Büchern, Bildern und Lampen –, erkannte sie plötzlich, daß sie endlich zu Hause angekommen war. Es gab niemanden mehr, der ihr wichtig war, niemanden mehr, der sie störte. Der Familienkreis hatte sich geschlossen. Sie war die einzige Überlebende. Wenn sie an sie zurückdachte, dann hatte sie nur das Grüppchen vor Augen, das vor langer Zeit in der Küche beisammengesessen hatte, und sie hatte das Gefühl, nur jene seien gestorben, nicht die Männer und Frauen, zu denen sie geworden waren und die ihr so viel Ärger eingebracht hatten. Über Delia ging sie hinweg. Delia war lediglich ein ausgedehntes Zwischenspiel, das Martin von seiner Zwillingsschwester getrennt hatte, aber am Ende waren die Zwillinge wieder so eng zusammengewachsen wie zu Beginn. Jetzt war Min Martins nächste Angehörige.

Kaum zu glauben, daß zwischen dem Tod ihres Vaters und Martins Hochzeit nur neun Jahre vergangen waren. Das waren die besten Jahre gewesen. Sie erinnerte sich an den Tag, als ihr Vater starb und ihnen allen einen gehörigen Schreck einjagte. Keiner vermißte ihn so richtig. Sie waren erleichtert, sich nicht mehr um ihn zu sorgen zu müssen – um einen alten Mann, der nicht einmal seinen eigenen Namen schreiben konnte und sich ständig nach Arbeit umsah oder zumindest so tat. Im Haus hielt er es nicht aus. Morgens war er immer schon fort, bevor die anderen aufstanden, aber zum Mittag- und zum Abendessen war er wieder da und verdarb ihnen den Appetit. Und abends hörte er ihnen oft zu, obwohl alle wußten, daß er nicht ein Wort von dem begriff, was sie sagten. Was Min am meisten ärgerte: daß er es für sein selbstverständliches Recht hielt, hereinzukommen, ihnen Gesellschaft zu leisten, sich in die Ecke zu setzen und es sich bequem zu machen, als habe er auch nur das geringste beizutragen. Dabei hatte er nichts beizutragen außer seiner Rastlosigkeit. Dauernd schien er sich davonstehlen zu wollen. Sogar ihre Gespräche unterbrach er, um weite Reisen zu schildern, die er irgendwann einmal unternehmen würde, aber nie machte er sich auf an einen bestimmten Ort. Er irrte nur umher. Die Rastlosigkeit, die ihn nach Wexford gebracht hatte, quälte ihn bis zum Tag seines Todes.

Vielleicht wäre er zufriedener gewesen, wenn er lesen gelernt hätte. Mit einigem Willen hätte er es lernen können. Bridget hätte es ihm beigebracht, als sie heirateten, aber er hatte es ausgeschlagen – er werde warten, bis die Kinder groß genug seien, und gemeinsam mit ihnen lernen. Aber die Kinder waren nicht eben begeistert, daß er sich zu ihnen setzte, wenn sie ihre Schularbeiten erledigten, und er gab zu, daß er das Gefühl hatte, ihnen im Weg zu sein. Bridget spürte, daß er tatsächlich im Weg war und die Kinder einer Erfahrung beraubte, die sie viel nötiger hatten als er. Bridget war überrascht, wie sehr es sie aufbrachte, wenn er ihnen in die Bücher schaute. Sie hatte Angst, er könnte die Kinder am Lernen hindern. Sie verachtete ihn, die Art, wie er immer wieder von seinem Traum redete, Matrose zu werden, wo doch alle Welt wußte, wie wasserscheu er war. Ach, er war für alle zur Belastung geworden. Gegen Ende seines Lebens fürchteten sich die Leute ein wenig vor ihm, selbst die Kinder schienen zu ahnen, daß irgend etwas mit ihm nicht stimmte.

Vermutlich veranlaßte dieselbe Rastlosigkeit, die ihren Vater zum Kauz werden ließ, Martin dazu, einer plötzlichen Eingebung zu folgen und zu heiraten. Er traf seine Entscheidung binnen weniger Sekunden und ließ sich nicht mehr von ihr abbringen. Den Hochzeitstag würde Min nie vergessen – die Mühe, die sie damit hatten, Bridget einzukleiden. Vom Scheitel bis zur Sohle war sie in Schwarz gekleidet, als gehe sie auf eine Beerdigung. Zwar trug sie auch normalerweise Schwarz, wie es sich für eine verwitwete Frau mittleren Alters gehörte, an diesem Tag jedoch wirkte ihr Schwarz noch schwärzer als gewöhnlich. Für die Hochzeit hatte Min ihr eine neue Haube und ein Schultertuch angefertigt, beide aus schwarzem Satin und mit Gagatperlen. Es war eine entzückende Kombination, doch Bridget verdarb die Wirkung, da sie ihr altes, mit Heiligenbildchen, Merkblättern und Totenzetteln vollgestopftes Gebetbuch bei sich trug; den schwarzen Rosenkranz hatte sie um das Gebetbuch geschlungen, so daß das große metallene Kruzifix frei herabbaumelte. Sie sah sehr elegant aus, ganz die Pariserin, bis sie das Gebetbuch zur Hand nahm. Ihr eisengraues Haar war wie jeden Tag zu einem straffen Knoten zusammengebunden, gekrönt von der mit langen Hutnadeln befestigten Haube, die sie um einige Zentimeter größer erscheinen ließ. Min und ihre Schwestern trugen zu ihren grauen Kostümen weiße Blusen und weiße Hüte mit steifer Krempe, und Min fand, daß sie der Hochzeit auf dem Land einen Hauch von Weltläufigkeit verliehen. Aber Clare mußte natürlich alles verderben, indem sie zu jedem, der es hören wollte, sagte: »Wir sind Martins Schwestern. Wir stehen in dem Ruf, wenig schön, dafür aber um so gescheiter zu sein.« Clare sagte immer das Falsche zur falschen Zeit. Es war ihre Art, sich bei den Leuten einzuschmeicheln. Ganz gleich, ob sie jemanden mochte oder nicht, Clare mußte sich lieb Kind machen. Sie konnte nicht anders. Man konnte sich darauf verlassen, daß sie nicht nur sich, sondern einen selbst lächerlich machte. Polly war es leid und ergänzte: »Ja, das wissen doch alle, daß Martin der Schönste in der Familie ist.« Natürlich waren bei der Trauung nur Freunde und Verwandte von Delia und ihrer Familie zugegen; Bridget hatte niemanden eingeladen, da, wie sie sagte, durchaus nicht feststand, daß Martin die Sache durchziehen würde.

Es stimmte – mit seinen glänzend schwarzen Locken und seinen hellblauen Augen war Martin der Schönste in der Familie. Die Gesichtszüge, die bei Clare kantig, bei Polly teigig und bei

Min verkniffen wirkten, bei ihm waren sie wohlgeformt und ebenmäßig. Vor der Hochzeit, als man noch gemeinsam ausging, hatten die Mädchen ihren Glanz von Martins Gesicht geliehen, und das war auch nur recht und billig, denn ihre Gesichter spiegelten seines so getreu, daß man sagen konnte: »Er zeigt uns, wie sie wirklich aussehen.« Doch nachdem er sie verlassen hatte, wollten sie auf ihre Ähnlichkeit nicht mehr aufmerksam machen. Statt Spiegelungen Martins zu sein, wurden sie zu Kopien voneinander, oder zu drei nicht eben schmeichelhaften Kopien eines Gesichts, das entschwunden war. Es war, als sei Martin das Familiensilber gewesen. Als er aus ihrem Leben verschwand, verloren sie an Wert.

In Mins Erinnerung stellte sich Martins Hochzeitstag wie ein Urknall dar. Hatten sie doch solche Angst gehabt, als sie in dem gemieteten Pferdewagen hinausfuhren. Bei ihrer Ankunft in Oylegate stand schon alles bereit und wartete auf sie, die Priester und all die Fremden, Kerzen und Blumen und das schreckliche Gefühl, in eine Zeremonie verwickelt zu sein und immer weitermachen zu müssen, und die ganze Zeit über das Wissen, daß sie in dieser Angelegenheit kein Mitspracherecht hatten und es überhaupt nicht darauf ankam, was sie jetzt noch anstellten. Die Fahrt nach Oylegate war fürchterlich. Als es ihnen endlich geglückt war, ihre Mutter aus dem Haus zu schaffen und in den Wagen zu bugsieren, schloß sie die Augen und hielt sie geschlossen, bis sie am Kirchentor ausstieg. Bis zur letzten Minute hatte sie gehofft, Martin würde sich eines anderen besinnen.

»Martin, ich frag dich nur zu deinem Besten«, sagte sie. »Könntest du's nicht bis morgen verschieben? Ich werde mich nie daran gewöhnen, meinen kleinen Sohn zu verlieren, aber morgen fühle ich mich vielleicht stärker.« Sogar die Fahrt nach Dublin wollte sie

Martin bezahlen, wo er sich weit weg von ihnen allen etwas Eigenes aufbauen konnte – wenigstens so lange, bis sich der Sturm gelegt hatte.

»Ach, was soll denn das für einen Sinn haben, Mutter?« fragte Min. »Komm schon, laß uns alle zusammen hinausfahren, mit einem breiten Lächeln im Gesicht, damit niemand in der Stadt merkt, wie betrübt du bist.«

Min wollte, daß Martin ihr einen dankbaren Blick zuwarf, was er auch tat. Wie leicht er sich doch trotz seines Gripses beeinflussen ließ, dachte sie. Ach, Mutter hätte ihn bei sich behalten und seine Chancen mir abtreten sollen, dachte sie. Aber daß sie einen Groll gegen Martin hegte – diesen Vorwurf konnte man Min nicht machen. Sie konnte auf ihn böse sein, aber ihn hassen oder auch nur nicht mögen, das konnte sie nicht. Schließlich war er ihr Zwillingsbruder. Es hätte nur einen von uns beiden geben dürfen, dachte sie voller Verzweiflung und sah, was für Freiheiten sich Delia Kelly ihr gegenüber herausnahm, einer Bagot, die sich im Alter von zehn Jahren mit harter Arbeit besser auskannte, als Delia Kelly es je tun würde. Sie fragte sich, was Delia eigentlich in Martin sah, wenn sie ihn anblickte. Sie fragte sich, was Delia sah und wieviel sie überhaupt aufnahm mit ihren seltsam trüben grünen Augen. Die Bagots hatten alle hellblaue Augen, sehr scharfe Augen, und kohlschwarzes Haar, nur Martins war gelockt. Die Kellys hatten einen viel helleren Teint; sie sahen überhaupt nicht wie Iren aus, sagte Bridget. Und bis auf Delia waren sie alle größer als die Bagots, hochgewachsen und kräftig, Leute vom Land. Min fühlte sich ihnen unterlegen und wußte nicht, weshalb. Sie hatte das Gefühl, daß alles, worauf es ihr ankam, bei denen nicht zählte, und wußte nicht, was überhaupt bei denen zählte. Freundlich waren sie, das schon, wie sollten sie auch nicht freundlich sein, wo Martin ihnen doch eins der Mädchen abnahm. Sie sind einfach nicht unseresgleichen, dachte sie. Ost ist Ost, und West ist West. In gewisser Hinsicht war es schlimmer, als wenn Martin eine Ausländerin geheiratet hätte.

Auf der Fahrt zur Trauung ließ Bridget den Kutscher langsam fahren. Sie zockelten dahin, dabei kamen sie ohnehin zu spät; sie waren schon zu spät aus dem Haus gegangen. Das Pferd schlug mit dem Schweif, als sei es ungeduldig. Markey ärgerte sich, weil er vor dem Haus so lange hatte warten müssen, war jedoch bemüht, sich nichts anmerken zu lassen, und philosophierte über Hochzeiten, Ehen, junge Männer und dergleichen. Bridget verlor die Geduld und fragte ihn, ob er sein Beiprogramm gesondert berechne. Markey war so gekränkt, daß er Anstalten machte aufzustehen, wodurch der Pferdewagen heftig ins Schwanken geriet und das Pferd versuchte, den Kopf zu drehen, um einen Blick auf sie zu werfen. Polly kreischte auf vor Angst und fragte ihre Mutter, ob sie es etwa darauf anlege, daß ein Durchgänger sie ums Leben bringe. Bridget erwiderte: »Ich hätte nichts dagegen.«

Es war ein offener Kutschwagen mit Längsbänken, und sie saßen jeweils zu dritt, Markey und Clare auf der einen Seite, zwischen ihnen Min, und ihnen gegenüber Bridget und Polly, in der Mitte Martin. Als Polly sprach, sah Markey sie an, dann zwinkerte er ihr zu und setzte sich wieder, ohne ein Wort zu sagen, und sie fuhren in demselben langsamen Tempo weiter, bis sie zum Kirchentor kamen.

Als sie nach Oylegate einfuhren, kamen sie an dem buckligen, kurvenreichen Feldweg vorbei, der zu dem Haus führte, wo Delia wohnte. Der Feldweg lag links von ihnen, und rechter Hand befand sich ein wohlhabend wirkendes Lebensmittelgeschäft, an das sich ein Pub anschloß. Zwischen dem Lebensmittelgeschäft und einer Reihe weißgekalkter Cottages mit Reetdächern tat sich eine Lücke auf. Vor einem der Cottages saß eine alte weißhaarige Frau zusammengekrümmt auf einer kurzen Holzbank. Die schmale Tür ihres Cottage stand offen und bewies, wieviel Dunkelheit sich selbst an einem hellen Junitag in einem kleinen Raum ansammeln kann. Als Schürze hatte sie sich ein Stück Sackleinen vorgebunden, und auf dem Kopf trug sie die Stoffmütze eines Mannes. Sie rauchte eine Tonpfeife und musterte die Wagenladung voller Bagots mit einem Ausdruck der Belustigung, der weder boshaft noch unschuldig war. Markey tippte an seinen Hut und sagte: »Schöner Tag, Ma'am.« Die anderen bemerkten sie gar nicht – sie hatten die Blicke nach vorn gerichtet, auf das kleine Menschenknäuel, das sich am Kirchentor gebildet hatte. Min wußte, daß Delia auf sie wartete, und dachte: Wenigstens bereiten wir ihr ein paar bange Minuten. Martin sah aus, als beginne er leise Zweifel an seinem Vorhaben zu hegen. Er sagte: »Ich komme mir plötzlich so fremd vor.«

»Noch ist Zeit, Martin«, sagte Min. »Wir können das Pferd antreiben, an ihnen vorbeisausen, nach Enniscorthy fahren und den Zug zurück nach Wexford nehmen. Wir brauchen sie nie wiederzusehen.«

Bridget wandte den Kopf, schlug die Augen auf und blickte Martin an. »Komm mit uns nach Hause, Liebling«, sagte sie, »und wir werden kein Wort mehr darüber verlieren.«

Markey hielt an und sagte zu Martin: »So, wir sind da.«

Martin erhob sich, so daß der kleine Wagen plötzlich ganz zerbrechlich wirkte, bahnte sich einen Weg zwischen ihren Röcken hindurch und sprang auf die Straße. In Mins Erinnerung begann der Tag genau in diesem Moment durcheinanderzuwirbeln, als sie hörte, wie seine Füße auf dem Boden aufsetzten. Daß der Tag schrecklich werden würde, hatte sie wohl gewußt, nicht aber, daß alles so unnatürlich sein oder sie selbst sich erschöpft und ausgedörrt, ja handlungsunfähig fühlen würde, da sie nichts anderes wollte, als alldem zu entfliehen, ihrer Mutter jedoch nicht von der Seite weichen durfte. Noch nie zuvor hatte Min das Gefühl gehabt, in einer Falle zu sitzen. Jetzt aber kam sie sich vor wie eine Gefangene. Sie sehnte sich nach ihrem Arbeitsraum, in dem sie Herrin über alles war, worauf ihr Blick fiel. Die Stimmen der Leute hier draußen auf dem Land waren ihr unangenehm. Man konnte sie kaum verstehen. Sie wußte, daß sie hinter ihrem Rükken über sie herzogen, und versuchte, ihnen mittels der wissenden Blicke, die sie ihnen zuwarf, zu verstehen zu geben, daß sie sie durchschaute. Martin benahm sich, als habe er ganz vergessen, daß es sie gab. Sie fand es eigenartig, daß die Welt in Augenblikken der Freude aufleuchtete, aber alles beim alten blieb, wenn ein Unglück hereinbrach. Als Martin am Kirchentor vom Pferdewagen sprang, hatte er sich in eine andere Person verwandelt. Von nun an würde es zwischen ihm und ihr keine andere Verbindung mehr geben als eine gelegentliche Begegnung auf der Straße.

Als die Trauungszeremonie vorüber war, fuhren sie allesamt die weite Strecke nach Enniscorthy und bogen dann in eine unbefestigte Landstraße ein, die zum Fluß Slaney führte. Hier, in einem großen weißgekalkten Bauernhof mit hohem Reetdach, wohnte die Familie von Delias Mutter, ihr alter Bruder und ihre drei alten Schwestern. Die Größe und das wohlhabende Äußere des Anwesens machten Eindruck auf Min. Delias Tanten und ihr Onkel, alle unverheiratet, waren hier zur Welt gekommen. Min hörte, daß das Haus sehr alt war und die Familie schon seit Jahrhunderten in diesem wunderschönen Flecken am Slaney lebte. Sie und ihre Mutter staunten über die Möbel, die sie im Wohnzimmer und in den Zimmern dahinter sahen. Solche Möbel zeugten von Würde.

»Das Haus muß ein prachtvolles Obergeschoß haben«, flüsterte Bridget ihr zu, und sie tat Min leid. Ihrer Mutter war es eben mal gelungen, sich aus einem Viertel, in dem die Leute völlig heruntergekommen waren, in eine Straße vorzukämpfen, in der die Armen hausten – Leute mit Selbstachtung, aber arm. Und hier, auf Martins Hochzeit, waren sie von Frauen umgeben, die Herrinnen über ganze Gehöfte waren. Einige von ihnen besaßen mehr als ein Haus, alle aber so und so viele Hektar, und noch die geringste unter ihnen hatte die Schlüsselgewalt über das Haus, in dem sie wohnte, selbst wenn es sich nur um ein Cottage oder einen halben Hektar handelte.

Min sah sich um. Die Leute hier draußen auf dem Land gehörten alle zueinander und waren über viele Ecken miteinander verwandt. Diese Familien konnten auf eine lange Vergangenheit zurückblicken, erinnerten sich an Hochzeiten, die hundert Jahre zuvor stattgefunden hatten. Ihre Gespräche waren anders als das, was Min unter einem Gespräch verstand. Hier auf dem Land verwob man Namen, Daten und Orte zu einem regelrechten Gespinst. Von den Toten wurde in demselben Tonfall geredet wie von den Lebenden, so daß vor Jahrzehnten gestorbene Väter, Schwestern und Cousins, wären sie jetzt durchs Haus, durch die Obst- und Blumengärten marschiert, sich so heimisch gefühlt hätten wie eh und je. Sie hätten sich sogar darauf verlassen können, daß ihre Namen und Gesichtszüge sich getreulich unter den Angehörigen der nachfolgenden Generationen wiederfanden. Min dachte an all die Toten, die hier daheim gewesen waren, und wünschte, auch ihr Name hätte so mir nichts, dir nichts eingeflochten werden können. Ihr fiel auf, daß nirgendwo Kinder zu sehen waren – sie mußten zum Spielen hinausgeschickt worden sein. Das Haus bot ausreichend Platz für Kinder – das Gehöft stand auf einem Grundstück von mehr als hundertfünfzig Hektar.

Sie hatte den Eindruck, daß der Obstgarten den größten Teil des Grundstücks ausmachte – er schien gar kein Ende nehmen zu wollen und entsprach so gar nicht dem, was sie sich unter einem Obstgarten vorstellte, denn von ihrem Standort aus glich er eher einem Wald als einer Wiese mit Obstbäumen. So war der Boden uneben und fiel bald hierhin, bald dorthin ab. Wenn sie darüber las, hatte sie sich unter einem Obstgarten immer ein geometrisches Stück Land vorgestellt, quadratisch oder rechteckig, in dem die Bäume in regelmäßigen Abständen gepflanzt waren. Dieser Obstgarten hingegen wirkte wild und unerforscht, als sei er vor langer Zeit angelegt und kultiviert und danach bis zum Hochzeitstag vergessen worden. Min mußte an Wexford denken, an die Bäume, Häuser und Geschäfte dort, und an den Hafen. Selbst mitten in der Nacht, wenn die Menschen schliefen, blieb die Stadt belebt und beschäftigt, wartete darauf, am nächsten Morgen zurückerobert zu werden, und im Hafen herrschte stets buntes Treiben. Die Stadt blieb sich immer gleich, sehr alt und ständig in Bewegung, an jeder Ecke Menschen, und ganz gleich, um wen es sich handelte, stets wußte man, daß man dieselben Rechte genoß wie sie. Min kannte jeden Zollbreit der Stadt und jede Regung des Wassers im Hafen, und sie dachte, selbst wenn alle ihre Angehörigen gestorben wären, würde sie sich nicht verloren oder fehl am Platz vorkommen, solange sie in den Straßen umherlaufen konnte, die sie zeitlebens gekannt hatte. Hier draußen auf dem Land verhielt es sich anders. Man mußte sein eigenes Anwesen haben – nicht nur das Haus, sondern auch etwas Land. Und die Häuser standen meilenweit voneinander entfernt, die Familien lebten im Einklang mit einem Erbfolgerecht, mit dem nur sie vertraut waren, und die Menschen bezogen ihre Daseinsberechtigung aus einem lockeren Geflecht von Verwandtschaftsbeziehungen, einer komplizierten Genealogie, die sie im Kopf behielten und an Tagen wie heute, da sie alle versammelt waren, durch Wiederholung bekräftigten. Es müßte angenehm sein, bei schönem Wetter hin und wieder im Obstgarten umherzuspazieren, dachte Min, aber für einen wirklich interessanten Bummel zog sie allemal die Straßen von Wexford vor.

Min stand auf einem schmalen Fußweg, der vom Eingang des Obstgartens ins Nirgendwo führte – irgendwo unter den Bäumen schien er sich im Gras zu verlieren. Zu beiden Seiten des Weges befanden sich Grasböschungen, die dort, wo der Weg sich verlor, in eine Anhöhe übergingen. Am Rand der nicht sehr hohen Böschung saß Mins Mutter und unterhielt sich mit zwei von Delias Tanten – Tante Mag und Tante Annie. Die Jungen hatten drei Küchenstühle nach draußen gestellt, damit die Damen sich ausruhen konnten, während sie den Obstgarten betrachteten. Die Damen unterhielten sich ungezwungen; sie waren froh, etwas zu tun zu haben, was sie von der Hochzeit ablenkte, die sie zusammengeführt hatte. Bridget legte etwas von ihrer Gereiztheit ab und machte schmeichelhafte Bemerkungen über das Haus und was für eine Wohltat es sei, an einem Tag wie diesem aufs Land hinauszufahren. Der Tag wurde immer schöner, die Schönheit kam herein wie eine Flut, steigerte sich von Minute zu Minute. Es gab zahlreiche Schmetterlinge. Min sah einen goldbronzenen Falter, dessen Farbe ihr für ein Kleid geeignet schien, allerdings hätte sie kaum je Gelegenheit, solche Farben zu tragen, und würde schwerlich einen so gemusterten Stoff finden, und sei es aus bester Seide.

»Ach, Min ist vernünftig. Eine geborene alte Jungfer. Auf Min kann ich mich verlassen«, hörte sie ihre Mutter sagen, hielt den

Blick aber starr zu Boden gerichtet, als sei sie tief in Gedanken. Es kümmerte sie nicht, was sie sagten, und sie wollte sich nicht ins Gespräch ziehen lassen. Sie spielte mit dem Gedanken, in den Garten zu gehen. Dort hielt sich die Mehrzahl der jüngeren Gäste auf, und sie nahm an, daß sich auch Martin unter ihnen befand, an seiner Seite Delia. Sie überlegte, wann Martin und Delia zum Bahnhof aufbrechen würden. Sie wollten den Zug nach Dublin nehmen. Dort wollten sie in einem Hotel übernachten. Sie selbst jedenfalls würde sie nicht zum Bahnhof bringen, um sich zu verabschieden. Dieser kleinen Gefühlsbekundung würde sie sich zu entziehen wissen, selbst wenn sie zu Fuß nach Wexford laufen müßte. Um sich den Unsinn, den ihre Mutter vor diesen Fremden von sich gab, nicht mitanhören zu müssen, würde sie jetzt zum Garten gehen. Manchmal trieb ihre Mutter es genauso arg wie Clare.

Der Garten war von einer Steinmauer gesäumt, und innerhalb der Steinmauer wuchs eine hohe tiefgrüne Buchsbaumhecke, die über dem engen Toreingang zu einem runden Bogen gestutzt war. Ein ähnlicher Buchsbaumbogen führte in den Obstgarten, aber dort gab es kein Tor. Als Min mit ihrer Mutter in den Obstgarten gegangen war, hatte sie eine Sekunde lang den Eindruck gehabt, als trete sie aus einem dunklen Tunnel heraus, so dicht, ja, so üppig stand der grüne Buchsbaum neben und über ihr. Ihr war, als beträten sie eine unvertraute, hell erleuchtete Stätte voller Schatten und grüner Höhlen, mit einem Erdboden aus durchwirktem Sonnenlicht, der vor ihren geblendeten Augen zu wogen schien. Die Jungen, die die Stühle aus der Küche hinaustrugen, hatten sie auf eine freie Fläche stellen wollen, wo der Erdboden sich senkte – die Grasnarbe, fand Min, sah sehr geeignet aus. Aber Delias Tante Mag wollte in der Nähe eines bestimmten Baumes, ihres Lieblingsbaumes, sitzen, und so wurde ihr Stuhl dorthin gerückt und die beiden anderen Stühle daneben. Die Jungen konnten den Stuhl für Delias Tante Mag gar nicht nahe genug beim Baum aufstellen, und als sie sich hinsetzte, drehte sie sich mit einer geschickten Bewegung rasch zur Seite, schlang ihren Arm um den Baum und preßte ihr Gesicht gegen den Stamm, als wollte sie ihn liebkosen. »Ich liebe meinen alten Baum«, sagte sie. Sie legte den Kopf in den Nacken, schaute zu dem Baum auf und fing an zu lachen. »Durch diesen Baum zeigt sich der Himmel von seiner schönsten Seite. Jetzt kennt ihr mein Geheimnis.« Min fand sie etwas kauzig.

Sie erzählte ihnen, der Baum bringe Kochäpfel hervor, kopfgroß, aber zum Essen zu sauer. Delias Tante Mag und ihre drei Schwestern, darunter Delias Mutter, trugen alle langärmelige, hochgeschlossene schwarze Kleider, die so geschnitten waren, daß ihre festen Büsten und Taillen und ihre geraden Rücken voll zur Geltung kamen. Es waren hochgewachsene Frauen, und die schwungvollen Bewegungen ihrer langen, schweren Röcke verlieh ihnen das Aussehen von Nonnen. Ja, sie sahen aus wie Angehörige eines religiösen Ordens. Min fand sie alle vier bedrohlich, und sie war überrascht von der Veränderung, die in Tante Mag vorging, als sie ihren Arm um den Baum schlang. Ihr Gesicht wirkte viel jünger, und sie blickte fast schelmisch drein. Eine seltsame, eigensinnige alte Frau. Min fragte sich, ob Delia wohl nach ihr geriet. Delia hatte etwas Träumerisches, dem Min nicht traute.

Dreißig Jahre später, als Min ihre Schwester Clare in die Irrenanstalt von Enniscorthy sperren lassen mußte, erinnerte sie sich an Delias Tante Mag und fragte sich, wie viele Menschen in der Welt herumliefen, die von Rechts wegen hinter Schloß und Riegel gehörten. Zu dem Zeitpunkt war Bridget natürlich schon längst tot. Bridget hatte immer davon gesprochen, daß ihr Mann, sich selbst überlassen, im Armenhaus gelandet wäre. Vielleicht wäre er im Armenhaus gut aufgehoben gewesen, dachte Min. Vielleicht gehörte er dorthin. Es gab Menschen, die sich in der Welt nicht zurechtfanden. Aber Bridget hätte niemals geduldet, daß Clare in die Irrenanstalt eingewiesen wurde. Sie hatte immer gesagt: »Die arme Clare, sie schlägt ihrem Vater nach.« Min fand das gar nicht. Ihr Vater war sehr schweigsam gewesen. Aber Clare konnte den Mund nicht halten und betete immerzu für sie alle. Es ging Min auf die Nerven, wenn sie sie Tag und Nacht den Rosenkranz beten hörte. Clares kaninchenjagender Ehemann war überhaupt keine Hilfe. Der lachte nur und freute sich wohl insgeheim darüber, daß ihre Gebete verspottet wurden. Schließlich verlor Min die Geduld, als sie herausfand, daß Clare das Meißner Porzellan, das ihre Mutter wie ihren Augapfel gehütet hatte, bis auf ein einziges Stück verschenkt hatte. Nur die Suppenschüssel mit dem schweren Deckel war noch da. Min konnte den Verlust des Porzellans nie verwinden. Sie wäre ja hingegangen und hätte es zurückgefordert, aber Clare wollte ihr nicht verraten, wem sie es vermacht hatte. Es war für immer verschwunden, und es bestand keine Hoffnung, es jemals wiederzusehen. Clare behauptete, das Porzellan gehöre ihr, und es gehe Min nichts an, wo es abgeblieben sei. Min wußte es anders. Nach der Einweisung in die Anstalt lebte Clare nicht mehr lange. Min ließ ihren Leichnam nach Wexford überführen und begrub sie dort, wo sie alle begraben werden würden. Alle außer Martin. Martin und Delia wurden nebeneinander auf dem Dubliner Friedhof St. Jerome beigesetzt.

In den Jahren nach Delias Tod, als Min mit ihm zusammenlebte, kam Martin ihr sehr verändert vor. Fünfzig Jahre mit Delia hatten ihre Spuren bei ihm hinterlassen. Er war nicht mehr der Bruder, den sie in Erinnerung hatte. Sie hatte das auch bei anderen Männern beobachtet – sie waren so in ihren Gewohnheiten befangen, daß ihnen ihr Leben nach dem Tod der Frau nichts mehr wert war. Martin etwa begann zu lesen, aber dann ließ er die Hand mit dem Buch sinken und starrte zur Seite, als versuche er, sich an etwas zu erinnern. Oder eher, als versuche er, etwas zu begreifen, fand Min. Schon als Junge hatte er die Angewohnheit gehabt, auf die Wand oder ins Nichts zu starren, wenn ihm etwas nicht paßte. Er wollte Min nicht bei sich im Haus haben – das war offensichtlich –, aber er mußte sich mit ihr abfinden. Sie scherte sich nicht darum. Sie blieb ihrer Mutter treu, das war die Hauptsache. Er unternahm weiter jeden Tag einen Spaziergang, bis ihm die Beine den Dienst versagten. Den Garten mied er, aber dann und wann trat er an das große Fenster, das zum Garten hinausging, und stand dann dort, stierte hinaus und wandte sich wieder ab mit der Bemerkung: »Der Garten vermißt sie.«

Min wurde es bald leid, und eines Tages platzte sie heraus: »Ja, ja, sie war eine gute Gärtnerin. Dazu hatte sie Talent. Im Gärtnern war sie gut.« Er drehte sich um und fragte sie: »Was sagst du da? Was hast du eben gesagt?« Sie wiederholte ihre Worte. Sie hatte keine Angst vor ihm. »Ich habe gesagt, sie war eine gute Gärtnerin. Dazu hatte sie Talent, habe ich gesagt.« Seine Antwort schokkierte sie. »Und darf man fragen, worin du je gut warst?« sagte er. Martin sollte nun wirklich wissen, daß sie in allem gut war, was sie in Angriff nahm. Jedesmal, wenn sie zu Besuch kam, hatte er sie als Vorbild hingestellt. Zu Delia sagte er immer, daß Min hätte Wunder wirken können, wenn sie nicht an die Nähmaschine gefesselt gewesen wäre. Martin sollte sich was schämen, aber jetzt führte sie nichts zu ihrer Verteidigung an. Er war ein alter Mann, der wirres Zeug redete wie ihr Vater.

Auch Martin war rastlos, und je hinfälliger er wurde, desto weniger wollte er im Haus bleiben. Er sagte, er wolle wieder Wasser sehen. Er wolle ans Meer fahren. Er wolle am Strand spazierengehen. Er redete sogar davon, dem Westen Irlands einen letzten Besuch abzustatten. Noch einmal wolle er am Atlantischen Ozean spazierengehen. Er behauptete, die Seeluft werde ihm neuen Schwung verleihen. Wenn er erst einmal von Connemara und Kerry zu reden anfing, war er nicht mehr zu bremsen. Er erinnerte sich gern an die Abenteuer, die er vor langer Zeit während einsamer Ferien in Connemara und Kerry bestanden hatte. Ganz allein hatte er ausgedehnte Wanderungen unternommen. Oft war er eine ganze Woche weggeblieben. Diese Tage allein mit sich selbst rief er sich gern ins Gedächtnis zurück. Er schien stolz darauf zu sein, allein verreist zu sein, weg von diesem Haus, von Delia und den Kindern, weg von allem, was er kannte. Wenn er davon erzählte, wie er zu dieser oder jener Stunde aus dem Haus gegangen war, was Soundso im Zug zu ihm gesagt hatte und daß er nichts als seinen Rucksack und seinen Schwarzdornstock bei sich trug, klang er wie ein Zauberkünstler, der einen Seiltrick beschreibt. Min hörte ihm nicht gern zu. Sie wußte um seine Abenteuer und hatte kein Verständnis dafür. Wenn er so darauf bedacht war, von Delia wegzukommen – und daraus konnte ihm niemand einen Vorwurf machen –, weshalb war er dann nicht nach Wexford gekommen, um seine Mutter und seine Schwestern zu besuchen, in der Stadt herumzulaufen und ein Wort mit den alten Bekannten zu wechseln? Damals waren die meisten von ihnen ja noch da.

Er hätte einen Stadtbummel mit mir unternehmen können, dachte Min. Damals hätte es mir gutgetan, mit ihm zusammen gesehen zu werden, ein bißchen mit ihm anzugeben. Er hätte uns so oft besuchen können, aber nein, natürlich mußte er wieder allein nach Connemara oder nach Kerry aufbrechen, um seine Ferien am Atlantischen Ozean zu genießen. Die Irische See war nicht mehr gut genug für ihn und der Hafen von Wexford nichts im Vergleich zu den Schönheiten der Bucht von Galway. Er redete von der wilden Küste von Mayo, als sei Wildheit eine Art Tugend, etwas, das die Landschaft um Wexford vermissen ließ. Sie erinnerte ihn daran, daß er den Strand von Rosslare früher sehr geliebt hatte, daß er sein halbes Leben dort verbracht hatte und bei jeder sich bietenden Gelegenheit hinausgeradelt war. Jede freie Minute habe er in Rosslare verbracht. Er hörte ihr zu, aber so, als müsse er sich ihr gegenüber in Geduld fassen. »Ich würde mich sehr freuen, Rosslare wiederzusehen«, sagte er, als sie ausgeredet hatte.

Danach gab er es auf, von Connemara und Kerry zu schwärmen, und wünschte sich statt dessen einen Tagesausflug nach Dún Laoghaire. Und er sagte, er würde gern einen Tag in Greystones verbringen. Und er wollte hinaus nach Killiney. Was würde Min am besten gefallen? Vielleicht könnten sie es bewerkstelligen. Min wußte nicht, wie. Einen ganzen Tag außer Haus und keine Gewähr, daß das Wetter schön wäre. Im Falle eines plötzlichen Regenschauers würden sie sich nicht unterstellen können. Wenn seine Füße naß wurden, würde er dafür büßen müssen. Sie hatten kein Auto, nicht einmal einen Führerschein, und die Bus- oder Zugfahrt nach Killiney und zurück war ein fürchterlicher Schlauch. Es wäre albern, sich in Unkosten zu stürzen und einen Wagen samt Chauffeur zu mieten. Sie sah keine Möglichkeit hinauszukommen.

Er schien die Idee aufzugeben, denn eines Tages sagte er: »Min, weißt du noch den schönen Blick vom Garten auf den Slaney damals? Weißt du noch, wie schön der Slaney an dem Tag aussah, als er an uns vorüberfloß nach Wexford? Und wie wir alle dastanden und ihn betrachteten? Ich mußte daran denken, wie die Zeit vergeht. Ich stand da, und einen Augenblick glaubte ich, daß der Garten sich zusammen mit dem Fluß bewegt. Und später, als Delia und ich am Bahnhof von Edermine auf den Zug nach Dublin warteten, blühten überall Blumen, und der Stationsvorsteher lachte uns an und unterhielt sich mit uns, und der Name des Bahnhofs war mit weißen Kieseln geschrieben. Delia meinte, das Blumenbeet neben dem Bahnwärterhäuschen sei bestimmt von einem fachkundigen Gärtner angelegt worden, aber der Stationsvorsteher erklärte, das sei er selbst gewesen, um den Bahnhof für sie herzurichten. Aber der Garten, den sie da am Slaney hatten – der war herrlich, nicht wahr, Min?«

Min erinnerte sich daran, wie sie in dem Garten gestanden hatten, umgeben von Rosen mit großen, schweren Köpfen, und wie sie ihre Mutter hatte sagen hören, sie würde gern einen Blumenstrauß mit nach Wexford nehmen. Zum Abschied hatten sie alle Blumensträuße erhalten. Der Pferdewagen war voll mit Blumen, dennoch sah der Garten so aus, als sei er nicht angerührt worden.

»Die hatten ein prächtiges Anwesen«, sagte Min, und sie war froh, daß der Garten längst verwildert, das Haus unbewohnt und das Dach eingefallen war, daß die Haustür offenstand und den Blick auf leere Zimmer und einen kalten Küchenherd freigab. »Jetzt ist alles verfallen«, sagte sie.

»Es war ein herrlicher Tag«, sagte Martin. »Ich habe nie vergessen, was Delias Tante Mag zu mir sagte. Weißt du noch? Sie sagte, die Luft sei wie Perlmutt. War das nicht eine merkwürdige Äußerung aus dem Mund einer alten Landfrau? Ich frage mich, was ihr wohl einen solchen Gedanken eingegeben hat. ›Heute ist die Luft wie Perlmutt‹, hat sie gesagt und mich dabei angesehen, als wären wir gleichaltrig und hätten uns zeitlebens gekannt.«

»Mich hat sie nicht so angesehen«, erwiderte Min. »Aber ich kann mich noch daran erinnern. Ich glaube, sie war ein bißchen affektiert – redete, als würde sie sich für etwas Besseres halten. Ich mochte sie nicht. Etwas an ihr hat mich sehr beklommen gemacht.«

»Ach nein«, entgegnete Martin. »Delia mochte sie sehr gern.«

»Ach, Delia«, sagte Min ungeduldig. »Delia hat immer ausgesprochen, was ihr gerade in den Sinn kam. Das hast du ihr oft genug ins Gesicht gesagt. In diesem Zimmer hier habe ich gesessen und mir anhören müssen, wie du sie angefahren hast. Sie konnte es dir nicht rechtmachen. Sie meinte es nicht böse, aber sie wußte nie, was sie sagen sollte. Meistens hatte es weder Hand noch Fuß. An Delia war nichts dran.«

Kaum hatte sie ausgeredet, tat es ihr leid. Sie wollte keinen Streit vom Zaun brechen. Aber Martin schwieg, und dann sagte er: »An Delia war nichts dran. Das ist wahr. Ich habe nie daran gedacht. Aber wie Shakespeare sagt: *Das ist wahr; wahr ist's, 's ist schade; und schade, daß es wahr ist.* An Delia war nichts dran. Da hat Shakespeare mal recht gehabt.«

»Das hat nicht Shakespeare gesagt. Das habe ich gesagt«, rief Min verärgert.

»Du oder Shakespeare, darauf kommt's jetzt auch nicht mehr an. Das ist wahr, an Delia war nichts dran. Aber war sie nicht ein hübsches Mädchen?«

»Nun mach nicht so ein großes Trara«, sagte Min. »Was ist nur in dich gefahren, Martin?«

Sie blickte ihn an. Er saß ihr gegenüber am Kamin. Seine schneeweißen Locken schwebten auf seinem Kopf. Sein schmales

Gesicht hatte dieselbe Form wie ihres. Seine blauen Augen musterten sie durch seine randlose Brille, und er lächelte behaglich, als erörtere er etwas Angenehmes aus der Vergangenheit. Sie mußte an Clare denken, die an dem Morgen, als sie in dem Auto davonfuhr, das sie zur Anstalt brachte, *You stick to the boats, lads* gesungen hatte. Später erfuhr Min, daß Clare, als sie merkte, wohin man sie brachte, recht bald aufgehört hatte zu singen. Min fragte sich, ob etwa auch Martin etwas von Clares sonderbarer Erbanlage abbekommen hatte, und war froh, selbst davon verschont geblieben zu sein. Martin schien ihre Gedanken gelesen zu haben.

»Du hast die arme Clare in die Anstalt gesteckt«, sagte er leise.

»Sie war übergeschnappt, hat uns alle zum Wahnsinn getrieben, hat versucht, das Haus wegzuschenken!« rief Min empört. »Du warst keine große Hilfe, hier in Dublin, weit weg von allen Unannehmlichkeiten.«

»Clare war verrückt«, sagte Martin. »An Delia war nichts dran. Jetzt ist mir bedeutend wohler. Jetzt weiß ich wenigstens, woran ich bin. Ich wußte immer, woran ich mit ihr war, selbst wenn ich nicht wußte, wer sie war, und jetzt weiß ich immer noch nicht, wer sie war, und weiß Gott, ich weiß nicht, woran ich ohne sie bin. Aber an ihr war nichts dran.«

»Meine Mutter hat gesagt, aus Delia wird nie etwas werden«, erwiderte Min gehässig. »Das hat sie von Anfang an gesagt.«

»Nichts dran. Du sagst es«, versetzte Martin. »Ich zeig dir ein Foto von ihr, als sie sechzehn war.«

Mühsam rappelte er sich auf und ging quer durch das Zimmer zum Schrank, der oben Glas- und darunter massive Holztüren hatte. Hinter den Glastüren schimmerten trübe Delias Kristallschalen und ihr Kristallkrug. Sie hatten einen Glasboden für sich.

Auf einem anderen Glasboden stand ihr gutes Arklower Porzellan. Martin bückte sich schmerzgepeinigt, um die unteren Türen zu öffnen, und als sie weit offenstanden, griff er in den Schrank und holte einen großen braunen Umschlag hervor. Er schloß die Türen wieder und ging zurück zu Min, die auf Delias Seite des Kamins in Delias Sessel saß. Er öffnete den Umschlag und ließ das Foto so behutsam herausgleiten, als wäre es aus dünnem Glas. Seine Hände zittern stärker als früher, dachte Min. Als er das Foto endlich zu fassen bekam, hob er es in die Höhe, damit Min es betrachten konnte.

»Da ist sie«, sagte er. »So sah sie aus. Schau dir ihre Haare an. Wer sonst hatte solche Haare, diese Farbe? In ihrer Familie hatte sonst keiner solche Haare. Angeblich ähnelte sie ihrem Vater. Er starb jung. Schau sie dir an, Min.«

»Das Foto ist sehr schmeichelhaft«, meinte Min.

»Sie war sehr gütig«, sagte Martin. »Ich erinnere mich noch an unsere Hochzeit, ich stand allein da und blickte auf den Slaney, ganz in Bewunderung versunken. Ich spähte durch eine Lücke in der Hecke – eines der Kinder hatte eine Bresche geschlagen, um hindurchschauen zu können. Vor meinen Füßen, ganz nah am Garten, lag der Fluß. Er war fast greifbar. Schon damals drohte das Wasser den Garten zu unterspülen, und der kleine Strand, den es früher dort gegeben haben soll, war verschwunden, oder doch nahezu. Ich weiß noch, daß ich allein dastand – fast geblendet vom Wasser. Ich wußte nicht, wo ich war. Ich war wie in einem Traum befangen und fühlte mich geborgen, das weiß ich noch. An dem Tag war der Slaney sehr breit, mächtig und stark – du weißt ja, wie er früher war. Ein irischer Fluß von großer Bedeutung, sagte der Schulrat, als er zu uns in die Schule kam. Ich fühlte mich großartig, wie ich an dem Tag so auf den Slaney hinaussah. Zu wissen, daß es mein Heimatfluß war, daß er es schon immer gewesen war, lange vor meiner Geburt. So stand ich da, als Delias Tante Mag zu mir trat. ›Ich habe dich gesucht‹, sagte sie. Mein Gott, wie gut ich mich an ihre Stimme erinnern kann, als wäre es erst vor fünf Minuten gewesen. Wir könnten heute noch so dastehen. ›Ich habe dich gesucht‹, sagte sie. Sie sah die Lücke in der Hecke. ›Ah, du hast ein Guckloch gefunden‹, sagte sie. Und weißt du, was sie dann tat? Sie legte ihren Arm um meine Schultern. Sie war größer als ich – in dieser Familie waren alle Frauen hochgewachsen – und schob ihr Gesicht an mir vorbei, um zu sehen, was ich da betrachtete. Ich wollte schon zur Seite treten, um ihr mehr Platz zu machen, aber sie klammerte sich an mich. ›Bleib, wo du bist‹, sagte sie. Ich antwortete: ›Aber ich bin Ihnen im Weg.‹ ›Du bist mir nicht im Weg, Kind‹, sagte sie. ›Hast du nicht ein größeres Anrecht als jeder andere, hier zu stehen? Ich will nur einmal kurz hindurchgucken, bevor Willie kommt, die Lücke findet und anfängt, sie auszubessern. ›Die Bengel haben schon wieder Dummheiten gemacht‹, wird Willie sagen. Er behauptet, daß sie die Hecke einreißen und der Garten in den Fluß absackt. Der Fluß frißt sich in den Garten, weißt du – wenn Willie nicht dauernd auf der Hut wäre, würden wir verschluckt.‹ Ich antwortete: ›So sieht der Slaney wunderbar aus.‹ ›Ich habe eine große Vorliebe für Wasser‹, sagte sie. ›Ich könnte an keinem anderen Ort glücklich sein als hier, wo ich geboren und aufgewachsen bin. Ich habe in meinem ganzen Leben noch keine Nacht außer Haus verbracht, wußtest du das? Was für ein Segen, daß der Tag so schön geworden ist. Und niemand war krank oder unpäßlich. Alle konnten kommen, um Delias Hochzeit beizuwohnen. Der Slaney führt Hochwasser, und um uns her sprudeln die Quellen der Zuneigung.‹ Sie sprach die Wahrheit. An dem Tag führte der Slaney Hochwasser.«

»Das ist doch vollkommener Unsinn«, sagte Min. »Wie soll der Slaney an einem schönen Junitag Hochwasser führen? Der Slaney war genauso wie an jedem anderen Tag.«

Martin ging wieder zu seinem Ohrensessel und setzte sich. »Mit meinen Beinen, das wird nichts mehr«, sagte er. »Ich kann kaum noch stehen.«

»Mit deinen langen Reden hast du dich überanstrengt«, sagte Min.

Martin hatte noch immer das Foto von Delia in der Hand. Er hob es hoch, um es besser betrachten zu können. Er zittert zu sehr, dachte Min. Sie fragte sich, ob sie ihn wohl dazu überreden könne, in sein Zimmer zu gehen und sich hinzulegen. »Du verausgabst dich noch ganz«, sagte sie.

Martin starrte auf das zitternde Foto. »Es sieht ihr sehr ähnlich«, sagte er. Dann steckte er es wieder in den Umschlag, dabei preßte er die Lippen zusammen und zog die Stirn in Falten wie ein törichter alter Mann, der sich mit etwas abmüht, das über seine Kräfte geht.

»Ich mach das schon«, sagte sie und wollte aufstehen und zu ihm gehen.

»Du bleibst, wo du bist«, erwiderte er, und als er das Foto sicher verwahrt hatte, legte er den Umschlag auf die niedrige Ablage unter seinem Tisch. »Ich hätte nicht so lange stehen dürfen«, sagte er, dann nahm er sein Buch vom Tisch und begann zu lesen, doch schon nach einer Minute stand er auf und verließ, das Buch unterm Arm, den Raum. »Ich gehe in mein Zimmer«, sagte er, ohne sie anzublicken. »Vielleicht lege ich mich ein bißchen hin.«

Min war froh, ihn gehen zu sehen. Jetzt würde Ruhe einkehren, wenigstens für eine Weile. Sie sah es nicht gern, wenn er sich so stark erregte, daß er zuviel sprach. Dieses Herumstochern in der Vergangenheit war ein schlechtes Zeichen. Sie hätte den Priester gebeten, ihn zu besuchen und mit ihm zu reden, aber sie wußte, daß Martin sich so lange gegen den Besuch des Priesters wehren würde, bis er sich nicht mehr wehren konnte. Martin wollte den Priester nicht im Haus haben. Sein Entschluß stand fest, und es hatte keinen Sinn, mit ihm zu streiten. Min hoffte nur, daß sie den Priester, wenn es soweit war, rechtzeitig rufen lassen konnte. Sie wollte nicht, daß ihr Bruder ohne Sterbesakramente starb. Sie verstand Martins bittere Haltung gegenüber der Kirche nicht. Polly war ganz ähnlich eingestellt. Nie würde Min ihre gotteslästerliche Rede vergessen, als ihr drittältestes Kind starb, die Kleine namens Mary. Min versuchte, Polly zu trösten, indem sie ihr sagte, im Himmel werde für das Neugeborene schon gesorgt werden. Da brach Polly in Tränen und Gelächter aus und sagte, sie könne besser für ihr Kind sorgen als Gott, Seine Allerseligste Mutter und sämtliche Heiligen und Engel zusammengenommen. »Die hätten die arme kleine Mary ruhig bei ihrer Mama lassen können!« rief Polly. »Sie müssen doch gesehen haben, wie sie sich an meiner Hand festhielt und bei mir bleiben wollte. Die sind vielleicht hartherzig da oben, wenn du mich fragst.« So weit war Martin in seinen Tiraden gegen die Kirche nie gegangen. Jedenfalls soviel Min wußte, aber ihr war klar, daß sie, um den Priester ins Haus zu holen, zu einer List greifen mußte. »Die Quellen der Zuneigung sprudeln.« Sie hörte ihn nicht gern so reden. Von jenem Tag im Garten am Slaney war Min nur noch in Erinnerung, daß sie sich erschöpft, ausgedörrt und wie gefangen gefühlt hatte, zermalmt von Menschen, die entschlossen waren, nur die helle Oberfläche des festlichen Ereignisses zu sehen. Sollten sie es Hochzeit nennen, soviel sie wollten; sie wußte, daß es ein Brandopfer war und sie das Opfertier, obwohl niemand es je zugeben würde.

Sie fand alle sehr taktlos. Nicht, daß sie unbedingt wahrgenommen werden wollte. Aber sie wußte, daß man sie nur voller Mitleid oder Spott wahrnahm. Alles, was sie sagte, war verkehrt. Sie gehörte nicht dazu, und nichts konnte diese Menschen davon überzeugen, daß sie auch gar nicht dazugehören wollte. Zehnmal lieber wäre sie in Wexford gewesen und hätte wie immer gearbeitet, aber sie mußte zu der Hochzeit gehen, oder sie hätte einen Skandal heraufbeschworen. Jetzt waren sie hier. Alle Anzeichen deuteten darauf hin, daß Bridget sich amüsierte, ebenso Polly und Clare, und Min fand, daß sie ihre Familie im Stich ließen. Man hatte sie hierhergeschleift wie das Opfer eines Kriegszugs hinter einem Streitwagen, und das alles nur, um Martin den Rükken zu stärken, dabei brauchte der gar keine Rückenstärkung.

Sie stand draußen vor dem Gartentor. Die Kinder waren alle verschwunden, und sie dachte schon, sie hätten sich verdrückt, um ungestört spielen zu können, plötzlich aber wimmelte es von umherrennenden Kindern, und sie überlegte, ob sie wohl schon gegessen hatten. Kinder mußten ja unter allen Umständen dauernd gefüttert werden. Diese hier, fast alle blond oder rothaarig, machten einen gesunden Eindruck. Min erinnerte sich daran, wie schwarzhaarig Martin und sie als Kinder gewesen waren, Martin mit seinen schwarzen Locken und sie mit ihrem glatten schwarzen Zopf. Sie waren ein mageres Paar, ganz anders als diese Kinder hier. Ein kleiner Junge kam so plötzlich auf sie zugerannt, daß sie schon befürchtete, er werde mit ihr zusammenprallen, aber er hielt gerade noch rechtzeitig an und blickte zu ihr auf. Er war etwa fünf Jahre alt, ein kräftiger kleiner Kerl. Seine Augen waren so blau, daß es aussah, als blickten zwei Blumen sie an, er hatte eine Stupsnase, und Schweiß stand ihm auf der Stirn. Seine Haare waren fast weiß. Er trug einen kleinen Anzug und ein weißes Hemd, und unter den Hosenbeinen waren schwarze Strümpfe zu sehen. Er öffnete den Mund, sagte aber nichts, sondern starrte sie bloß an. Min ermunterte ihn nicht. Nicht, daß sie eine Abneigung gegen Kinder hatte, aber sie empfand auch keine große Zuneigung zu ihnen und wollte nicht, daß sich gleich ein ganzer Trupp hinter ihm sammelte, ihr Fragen stellte und sie in den Mittelpunkt der Aufmerksamkeit rückte. Er lief rot an, schlug den Arm vor die Augen, lugte unter seinem Jackenärmel hervor und fing an zu lächeln. Sie lächelte zurück. Ein netter kleiner Kerl. Sie mußte ihn ansprechen.

»Bist du auch hübsch brav?« fragte sie ihn. Er machte kehrt und rannte davon, wobei er mit den Armen flatterte wie ein Huhn. Als er sich ein Stück weit entfernt hatte, wandte er sich um und blickte zurück, um zu sehen, ob sie ihn noch beobachtete. Dann rannte er aus dem Garten. Sie sah ihn nie wieder.

Ihre nächste Erinnerung galt einem Augenblick entsetzlichen Elends – er versetzte ihr einen Schock. Martin, einer von Delias Brüdern und eine Frau, die sie nicht einmal kannte, kamen auf sie zu und fingen an, vom Zug zu reden. Sie wiederholten ein ums andere Mal, daß Delia und Martin unter keinen Umständen den Zug verpassen durften. Min sollte den Namen der Frau nie erfahren, aber sie erinnerte sich, daß sie viel Aufhebens machte, als bilde sie sich ein, der Ausgang des Tages hänge ganz von ihr ab. Solche Leute, die andere herumzukommandieren suchten, gab es überall. Am liebsten hätte sie der Frau gesagt, sie solle sich um ihre eigenen Angelegenheiten kümmern. Alle diese Fremden machten ihr Martin abspenstig. Offenbar hielten sie ihn für ihr Eigentum.

»Die Quellen der Zuneigung sprudeln.« So was konnten nur

Leute sagen, die jeden in ihre Einfälle einbezogen, jeden, selbst diejenigen, die nicht einbezogen werden wollten. Min dachte an den Garten. Sie dachte an die grüne Buchsbaumhecke und die Araukarie, die pinkfarbenen und weißen Rosen und all die großen dunklen und weißen sternförmigen Blumen, sie dachte an Delias Tante Mag auf ihrem Küchenstuhl unter dem Apfelbaum, und sie erinnerte sich an Delias Brüder und Schwestern und an Delias Mutter und das weißhaarige Kind. Nichts von dem glanzvollen Tag war ihr entfallen, und alles sah sie in einer glitzernden Fontäne eingeschlossen, die durch die Sonnenstrahlen aufstieg und sich mit allem dort oben freudig vermählte – Himmel, Gott der Vater, der Gute Hirte, alles, was man sich nur wünschen konnte, wunderbare Preise, Glück.

Min wußte, die Erinnerung verklärt vieles. Sie war kein Dummkopf und neigte nicht dazu, sich für eine Visionärin zu halten. Die wunderschöne Fontäne war wie eine Luftspiegelung, nur daß die Leute in einer Luftspiegelung etwas sahen, was sie sehen wollten und wonach sie sich geradezu verzehrten, während Min in der Fontäne etwas sah, was sie nicht sehen wollte und nie hatte sehen wollen. Warum glaubte ihr niemand, wenn sie sagte, daß sie mit dem ganzen Affentheater nichts zu tun haben wollte? Das Kriegsglück hatte sich gegen sie gewendet und sie zum Schweigen verurteilt, zu einem Schweigen, das ein ebenso falsches Bild von ihr vermittelte wie die Worte, die zu sprechen sie zu stolz war. Das alles wußte sie. Martins Leichtsinn hatte den Kurs ihres Lebens von Grund auf geändert, und es gab nichts, was sie dagegen tun konnte. Er hatte ihrer aller Leben auf den Kopf gestellt. Er machte sich aus seiner Mutter und seinen Schwestern und ihren Geschicken auch nicht mehr als ein Fremder auf der Durchreise zu einem besseren Ort, wo die Leute interessanter waren.

Er brachte seine Mutter zum Weinen. Als Hochzeitsgeschenk wollte Bridget ihm die gute Eßzimmergarnitur vermachen, die sie sich vom Munde abgespart hatte, als sie es sich gar nicht leisten konnte. Ein großer runder Mahagonitisch und vier passende Stühle, die irgendwann einmal den Ehrenplatz in einem Herrenhaus eingenommen hatten. Den Tisch hatte sie so liebevoll gepflegt, poliert und gewachst, daß man sich darin die Haare frisieren konnte. Aber Martin verschmähte ihn. Mit Gebrauchtmöbeln gaben Delia und er sich nicht ab, im übrigen war der Mahagonitisch zu klobig und zu schwer. Er wollte ihn nicht. Delia und er zogen los und gaben neue, maßgefertigte Möbel in Auftrag, ganz aus Walnuß – Bett, Kommode, Kleiderschrank, Waschtisch und zwei Wohnzimmersessel, damit Delia, wenn sie Besuch hatten, stilvoll hofhalten konnte. Das waren Martins eigene Worte: »Jetzt kann Delia stilvoll hofhalten«, sagte er. Der Gesichtsausdruck seiner Mutter entging ihm völlig. Min bemerkte, daß das Bett aus dem Haus in Dublin verschwunden war, fand aber nicht heraus, was aus ihm geworden war. Doch die anderen Gegenstände waren noch vorhanden. Vor allem die beiden Wohnzimmersessel – Martin saß in seinem und sie in Delias. Wenn es soweit wäre, würde sie alles nach Wexford schaffen lassen. Sie würde die Möbel dorthin bringen, wo sie hingehörten. Es war nie zu spät, ein Unrecht wiedergutzumachen.

In ihrer Wohnung in Wexford saß sie in Delias Sessel und manchmal, zur Abwechslung, gegen Kissen gelehnt, in Martins großem Sessel, seinem Ohrensessel. Es war schön, beide Sessel zu haben. Der Kleiderschrank und die Kommode wanderten in ihr Schlafzimmer, der Waschtisch in das Zimmer, das sie als Küche benutzte. Delias alter Wohnzimmerteppich war bereits fadenscheinig, aber die Farben hatten sich gut erhalten, und auf dem Fußboden nahm er sich sehr hübsch aus, fast wie ein antiker Teppich. Und der Kaminvorleger aus dem Haus in Dublin war wie gemacht für Mins alten Kamin, an dem sich so viele Mädchen und Damen gewärmt hatten, wenn sie zum Maßnehmen oder zur Anprobe kamen.

An der gegenüberliegenden Wand war Delias Bücherregal angebracht, bestückt mit Delias Büchern und einigen von Martins Büchern. Einige von Martins Büchern wollte Min nicht im Haus haben, sie hatte sie verkauft. Jetzt war sie froh, daß sie nie Geld für Bücher ausgegeben hatte; diese hier hatten auf sie gewartet. Das Zimmer wirkte sehr vornehm, sehr literarisch. So hätte sie es schon immer haben sollen. Sie wünschte, sie alle könnten es sehen. Ein Zimmer und ein Willkommen erwartete sie. Zwischen der Wand und dem hintersten Fenster gab es sogar einen schummrigen Winkel, wo sich ihr Vater hereinstehlen und hinsetzen und ihnen, wie es seine Art war, stumm zuhören konnte. Hier gab es ein Plätzchen für sie alle – ein Plätzchen für Polly, ein Plätzchen für die arme Clare. In der Mitte ein Plätzchen für Bridget. Ein Plätzchen für Martin in seinem Ohrensessel. Sie konnten jederzeit hereinmarschieren und sich wie zu Hause fühlen, auch wenn das Zimmer wärmer war und das Mobiliar etwas besser als alles, womit sie sich in alten Zeiten hatten begnügen müssen.

Editorische Notiz

Die Erzählungen der irisch-amerikanischen Schriftstellerin Maeve Brennan (1917–1993) erschienen zu ihren Lebzeiten in den beiden Bänden *In and Out of Never-Never Land. 22 Stories* (1969) und *Christmas Eve. 13 Stories* (1974). Mit zwei Ausnahmen waren sie zunächst im *New Yorker* abgedruckt worden. Nach Brennans Tod wurden diese fünfunddreißig Kurzgeschichten zusammen mit anderen in die Sammelbände *The Springs of Affection. Stories of Dublin* (1997) und *The Rose Garden. Short Stories* (2000) aufgenommen.

Sechs dem ersten dieser beiden Bände entnommene Erzählungen über das Dubliner Ehepaar Hubert und Rose Derdon sind auf deutsch unter dem Titel *Mr. und Mrs. Derdon. Geschichten einer Ehe* (Steidl, 2006) erschienen.

Die hier vereinigten acht Erzählungen über Martin und Delia Bagot und ihre Kinder Lily und Margaret sind ebenfalls dem Band *The Springs of Affection. Stories of Dublin* (Boston/New York: Houghton Mifflin, 1997) entnommen und wurden für die vorliegende Ausgabe in der chronologischen Reihenfolge der darin geschilderten Ereignisse neu angeordnet. Erstveröffentlicht wurden sie wie folgt:

»The Carpet with the Big Pink Roses on It« (»Der Teppich mit den großen pinkfarbenen Rosen«), in: *The New Yorker*, 23. Mai 1964

»The Shadow of Kindness« (»Der gütige Schatten«), in: *The New Yorker*, 14. August 1965

»The Twelfth Wedding Anniversary« (»Der zwölfte Hochzeitstag«), in: *The New Yorker*, 24. September 1966

»The Sofa« (»Das Sofa«), in: *The New Yorker*, 2. März 1968

»The Eldest Child« (»Das älteste Kind«), in: *The New Yorker*, 29. Juni 1968

»Stories of Africa« (»Geschichten aus Afrika«), in: *The New Yorker*, 10. August 1968

»The Springs of Affection« (»Die Quellen der Zuneigung«), in: *The New Yorker*, 18. März 1972

»Christmas Eve« (»Heiligabend«), in: *The New Yorker*, 23. Dezember 1972